KB078149

마스터 K 12

김광수 현대 판타지 장편 소설

초판 1쇄 찍은 날 § 2013년 7월 29일
초판 1쇄 펴낸 날 § 2013년 8월 5일

지은이 § 김광수
펴낸이 § 서경석

편집부장 § 권태완
편집책임 § 어정원

펴낸곳 § 도서출판 청어람
등록번호 § 제1081-1-89호
등록일자 § 1999. 5. 31
어람번호 § 제1-1652호

주소 § 경기도 부천시 원미구 심곡2동 163-2 서경B/D 3F (우) 420−822
전화 § 032-656-4452 팩스 § 032-656-4453
http://www.chungeoram.com
E-mail § chungeorambook@daum.net

ISBN 978-89-251-3400-0 04810
ISBN 978-89-251-3073-6 (세트)

마스터 K

12

김광수 현대 판타지 장편 소설

FUSION FANTASTIC STORY

CONTENTS

제1장

설악산에 나타난 천사

마스터K

"꺄아아악!"

정신이 하나도 없었다.

산행에 위험이 따른다는 것은 이미 알고 있는 사항.

하지만 이렇게 산짐승에게 직접적으로 위협을 받아 목숨이 위태로울 수 있다는 것은 단 한 번도 생각해 보지 못했다.

태어날 때부터 이미 보호막이 단단하게 쳐진 울타리 안에서 자랐다.

과잉보호라고 할 만큼 모든 면에서 애지중지 보살핌을

받았던 대기업 총수의 막내딸이라는 신분.

대학 입학과 동시에 운전면허를 취득했다.

그리고 가장 먼저 찾아온 곳이 바로 강원도 설악산.

국가 국정원보다 더 정확한 정보력을 자랑하는 오성그룹의 정보실에서 알려온 정보통.

정확하지는 않았지만 강민의 위치가 파악되었다.

약간의 의심스러운 구석이 없었던 것은 아니다.

왠지 설악산에서도 등산로가 폐쇄된 화채봉 쪽이 가장 의심스럽다는 소리를 들은 것.

그 정보 하나만으로 무작정 설악산에 입산했다.

아무리 위험한 상황에 처한다 해도 사랑을 막을 수는 없었다.

단단한 스틱 하나와 과자나 사탕, 그리고 물 등이 들어 있는 배낭이 짐의 전부.

손에 스마트폰 하나 달랑 들고 찾아왔다.

위치 찾기 시스템과 오성그룹이 개발한 지도 프로그램을 믿고 감행한 무식한 사람 찾기 프로젝트였다.

그런데 찾던 사람은 구경도 못하고 대신 멧돼지와 상봉하고 말았다.

분명 손에 들린 스마트폰은 정확하게 위치를 짚고 있었지만 어느 순간부터 같은 곳을 빙빙 돌고 있었다.

되돌아가고 싶었지만 그럴 수도 없는 상황에서 맞닥뜨린 멧돼지.

태어나서 처음 보는 거대한 덩치의 돼지였다.

시골 같은 곳에서 가축으로 키우는 돼지도 본 적이 없는데 송곳니를 치켜세우고 자신을 향해 미친 듯 돌격했다.

그 순간 어디서 그런 힘이 났는지 손에 들고 있던 등산 스틱을 날렸고 운 좋게 달려들던 멧돼지 눈에 박혔다.

꽥꽥 고통에 몸부림치던 멧돼지.

내뺄 줄 알았던 멧돼지는 예상 외로 피를 철철 흘리면서 다시 돌진해 왔다.

앞이 캄캄해졌다.

대한민국에서도 최고라 할 만한 한국 고등학교.

성적과 그 밖의 모든 스펙을 유지하기 위해서는 체력 단련만을 위한 시간을 따로 빼기란 거의 불가능했다.

더욱이 남자도 아니고 체력의 한계가 금방 드러나는 여자.

대학에 입학한 후에는 아버지에게 청원해 겨우 보디가드들만 떨구어 냈다.

그런데 이 순간만큼은 그들이 정말 보고 싶었다.

꾸에에에에에 꾸에에에에.

걸리면 단숨에 들이받고 물어뜯을 것처럼 흉측한 멧돼지.

털썩.

그 살기 가득한 울음에 다리가 풀려 그만 주저 앉아버렸다.

그리고,

"민아! 강미이이이이이이이인!"

그제야 터진 그리운 이름 하나.

단 한순간도 잊은 적이 없던 이름이다.

3년 전 봄, 자신 앞에 나타난 자신감 넘치던 소년의 미소.

단 몇 달 친구로 지냈지만 그를 잊은 적은 한 번도 없었다.

처음 만났을 때처럼 또 그렇게 어느 날 사라져 버렸지만 말이다.

그룹 정보실을 통해 얻은 정보에 따르면 분명 사라지던 날에도 무슨 일이 있었다.

그가 조직폭력배들과 싸움을 벌였었고 스승이라는 사람에게 끌려갔다고 했다.

그날 이후 3년이란 시간이 흘렀다.

길고 긴 시간이었다.

한 사람을 잊는 데 충분한 시간이었을지도 모른다.

하지만 결코 잊히지 않고 기억 속에 깊이 각인된 채 지워지지 않았다.

아니, 지울 수 없었다.

언제나 친구이면서 자신을 어린아이 취급하듯 바라보긴
했지만 그가 좋았다.

같은 또래에 비해 다소 애늙은이 같은 면이 많았던 강민.

여유를 잃지 않던 당당한 모습들.

계열사 그룹의 잘나간다는 인재들을 봐왔지만 그가 보였
던 맑은 눈빛과 투철한 정신력을 발휘하는 건강한 사람은
없었다.

게다가 소녀들의 마음을 사로잡았던 만능 스포츠맨.

학업 성적은 물론 운동까지 부족한 것 없이 두루 갖췄던
그였다.

그리고 결정적이었던 천하의 오성그룹 주인 앞에서 보였
던 그의 모습.

그때였다.

그나마 확신하지 않았던 마음을 온전히 빼앗겼던 것이.

여유만만하게 아버지를 상대하던 그 자세와 눈빛을 지금
도 잊을 수 없다.

보는 이로 하여금 저절로 위축되게 할 만큼 만만치 않은
오성그룹 회장인 아버지가 당시 열일곱 살이던 그에게 제
대로 한 방 먹었었다.

그것도 아주 평범한 진리를 확인하는 간단한 질문 하나

로 말이다.

'민아, 안녕……'

멧돼지한테 받쳐 죽을 거라고는 상상도 하지 않았지만 다른 방법이 없었다.

억울한 게 한두 가지가 아니다.

이 깊고 깊은 산중, 그것도 입산이 금지돼 있던 화채봉 자락.

살려달라고 외친다 한들 구하러 올 사람이 있을 리 만무했다.

3년의 기다림 끝에 지칠 대로 지친 상태에서 저지른 무모한 산행이었다.

그 대가 치고는 너무 어이없고 참혹했다.

뻐어어억!

꾸에에에에에에에에에!

콰다다다당.

질끈 두 눈을 감았다.

그때 몸으로 밀려오는 충격 대신 귀를 파고드는 멧돼지의 괴성.

번쩍.

온몸을 웅크린 채였던 스무 살의 풋풋한 여성은 실눈을 떴다.

"아!"

조용히 흘러나오는 신음.

"유예린!"

듬직한 남자의 목소리가 들렸다.

꿈에서도 듣고 싶었던 목소리에 이어 눈에 확 들어오는 실루엣.

큰 키에 떡 벌어진 어깨.

꿈틀거리는 수많은 근육들이 마치 석고 조각상이 살아 움직이는 듯했다.

구릿빛의 건강한 체구의 남자가 입가에 미소를 살짝 베어 물었다.

그리고 환하게 햇살이 쏟아지는 듯한 미소가 번졌다.

그가 자신의 이름을 불렀다.

이미 두 눈에서는 굵은 눈물이 뚝뚝 흘러내렸지만 그건 마음과는 반대의 현상.

마음은 수많은 말들을 토해냈지만 입 밖으로는 그 어떤 소리도 새어나오지 않았다.

쿵! 쿵! 쿵!

3년 전 마지막 귀에 담았던 목소리와는 사뭇 다른 느낌의 굵은 음성.

하지만 꿈에서도 잊을 수 없었던 그의 목소리는 유예린

의 마음을 사정없이 뒤흔들었다.

자신을 죽일 듯 달려들던 멧돼지를 상대할 때보다 더 크게 심장이 뛰었다.

"미, 민아……."

겨우 소리를 띠고 흘러나오는 유예린의 마음.

붉은 입술을 비집고 겨우 목소리가 밖으로 새어나왔다.

"예린아 네가 여기까지 무슨 일로……."

마치 방금 전까지도 자신과 마주했던 사람처럼 대하고 있는 강민.

벌떡.

타다닥.

덥석.

강민의 질문이 끝나기도 전에 홀린 듯 자리를 털고 일어났다.

그리고 단 한 번도 지친 적이 없던 사람처럼 힘껏 달려반라의 강민 품에 안겼다.

"헛!"

느닷없는 유예린의 출현과 포옹에 당황스러운 비명이 토해졌다.

"흑흑, 민아! 민아!"

강민의 품에 안겨서야 터진 울음.

유예린은 짧았던 하루의 모든 당황스러웠던 일들이 썰물처럼 빠져나가는 듯했다.

한 여자가 한 남자의 품에 안겨 기쁨의 눈물을 흘리는 순간.

"음……."

아무 말 없이 신음만 흘리는 남자 강민.

"보고 싶었어! 너무 많이!"

상남자가 되어 눈앞에 나타난 강민.

유예린은 이 순간만큼은 죽는다 해도 억울하지 않을 것 같았다.

가만히 강민의 품에 깊이 안겨 눈물 젖은 목소리로 자신의 마음을 풀어놓았다.

스르륵.

그제야 강민은 단단한 근육이 살아 움직이는 팔로 품에 안겨 우는 예린을 감싸 안았다.

아직 멧돼지 처리를 마무리 짓지 않은 상황.

"반갑다, 유예린."

전혀 예상치 못한 상황에 예린의 감정에 전이된 강민의 마음.

본의 아니게 목소리마저 착 가라앉았다.

3년이란 시간을 두고 마주한 두 사람.

"흐윽……."

갑자기 복받쳐 흘러나오는 눈물.

전혀 예상치 못한 영화에서나 본 것 같은 위기 순간과 영웅의 등장.

그것도 깊은 산중에서 멧돼지에 받쳐 죽을 수도 있는 위험한 상황에서의 재회.

서러움과 그리움이 뒤죽박죽된 예린이의 울음소리가 설악산 화채봉을 넘어 울려 퍼졌다.

'이, 이게 무슨 일이야!'

아침부터 재수 좋게 횡재수를 보이며 씹어 먹었던 물찬더덕.

멧돼지 덕에 일진 좋게 시작한 하루였다.

그런데 그 멧돼지란 녀석이 또 한 번의 횡재수를 안겨주었다.

"흑흑, 민아, 보고 싶었어."

간밤에 누런 똥개에게 물리는 꿈을 꾼 것도 영향이 있는 것 같았다.

이런 횡재를 얻는 것을 보면 개꿈도 개꿈 나름.

옷값이 아까워 거의 상의는 벗고 살아가는 나.

맨살에 안겨 뜨거운 해우의 눈물을 적시는 여인 유예린.

이제는 어엿한 숙녀가 되어 있었다.

'도대체 시간이 얼마나 흐른 거야!'

분명 양 도사에게 다시 끌려 들어온 지 3년의 시간이 흐른 것은 알고 있었다.

하지만 그 시간 동안 속세에서는 무슨 일이 일어났던 것인지 짐작도 되지 않는다.

'뭘 먹은 거야~ 정말 그 예린이 맞아?'

컸다.

작은 체구에 가냘픈 어린 소녀였던 유예린은 내 어깨 정도까지 닿을 만큼 자랐다.

기억에 쭉 내려다봐야 눈을 맞출 수 있었는데 지금은 아니었다.

게다가…….

'가슴이…….'

성숙한 여성들의 상징과도 같은 바스트 또한 발육 상태가 남달랐다.

한국 고등학교 학생이었을 때 내 눈으로 확인한 바가 있었다.

우연치 않게 교복 상의의 벌어진 옷깃 사이로 보았던 뽕브라.

그것이 아니었다.

단단하면서 뭉클거리는 것의 느낌이 전혀 달랐다.

'흐흐… 흐흐흐.'

나도 모르게 입가에 음흉한 웃음이 절로 맴돌았다.

원치 않았던 3년 동안의 고행 끝에 맡는 여자 사람의 향 긋한 냄새.

낙엽 섞는 냄새와 풀 비린내가 더 익숙하고 고린내가 더 편하게 느껴졌던 3년의 시간.

기억 속에서마저 흐릿해지고 있던 세상의 냄새가 흠뻑 맡아졌다.

잊고 있었던 향긋한 샴푸 냄새와 예린이 특유의 체취가 어질어질 빙빙 돌게 만들었다.

다년간 다져진 인내심이 아니었다면 예린이와 격정적 포옹은 물론 자제치 못하고 뽀뽀까지 했을 것이다.

"예린이, 이제 시집가도 되겠다. 많이 컸네~"

아쉽지만 예린이를 품에서 떼어내야 했다.

더 안고 있다가는 이성이 마비될 수도 있는 상황.

살며시 예린이를 품에서 밀어내며 여러 의미를 내포한 칭찬의(?) 말을 건넸다.

다 가시지 않은 귀여움 플러스에 성숙한 여인의 느낌까지 더해져 더욱 자극적인 자태를 뽐내고 있었다.

아무리 등산복이라 해도 다 가릴 수 없는 본연의 바디

라인.

칭찬할 만했다.

'미운 오리새끼였었네…….'

지금의 예린이를 상상해 보지 않았다.

과거 덜 자란 여자애 같았던 예린이는 지금에 비하면 완전 미운 오리새끼 수준이었다.

대신 귀여운 여동생 정도로 생각하고 지내기에 적당했었는데 이제는 아니었다.

누가 봐도 눈길을 주고 싶은 풋풋한 여대생이었다.

3년 전에 비해 성숙했지만 아직은 청초하고 소녀 같은 느낌이 조금은 남아 있는 예린이.

감사한 생각이 물밀듯 밀려왔다.

'그래!! 이거야! 이래서 난 세상에 나가야 돼!'

작은 불길에 기름을 부은 듯 이글이글 타오르는 도주 본능.

더 이상 설악산에서 썩고 있을 수만은 없었다.

내공 역시 지난 시간 동안 많이 확장되었고 여러 무술도 내가 배울 수 있는 만큼은 다 수련했다.

"예린아, 어떻게 온 거야?"

일단 흥분을 가라앉혔다.

퍼뜩 떠오른 생각 하나.

설악산 내 입산금지 구역인 화채봉 능선까지 찾아온 예린이의 방문수단을 물었다.

개꿈도 색깔에 따라 때로는 횡재수를 불러오는 꿈이 될 수도 있다는 사실을 확인한 오늘이다.

오늘 일어난 일련의 사건들로 보아 분명 무언가 좋은 일이 있을 것만 같은 예감이 들었다.

"차… 타고 왔는데."

"차? 네 거야?"

"응, 며칠 전에 새로 뽑았어."

'역시 예린이는 나를 실망시키지 않는구나!'

고등학교 졸업한 지 얼마나 됐다고 운전면허증까지 소지하고 있는 예린이.

그것도 스무 살 신입생에게 차까지 턱 뽑아줄 수 있는 집안의 가풍.

요즘 시대에는 흔하게 볼 수 있는 있는 집들의 만행이 아닐 수 없다.

'튀자!'

하늘이 주신 것 같은 천재일우의 기회.

본능이 나에게 아우성쳤다.

바로 지금이 미칠 정도로 꿈꾸던 그날이라고.

우선 예린이를 데리고 이곳을 벗어나는 게 급선무였다.

'그 다음에⋯⋯.'

이 정도 사건에 양 도사가 나타나지 않았다면 필시 이 산 중에는 없는 것으로 간주해도 되었다.

분명 출타 중일 가능성이 컸다.

얼마 전 엿들은 통화 내용을 떠올려 볼 때 그날이 바로 오늘인 것이 된다.

대한 도사 협회 월악산 강연에 참석하러 가신 것이다.

절호의 찬스.

"예린아 잠깐 실례 좀 할게."

"어?"

나는 영문을 알 수 없다는 듯 눈을 크게 뜨는 예린이를 번쩍 들어 올렸다.

그리고 품에 안았다.

나의 행동에 깜짝 놀라 당황한 듯 몸이 뻣뻣해진 예린이.

'너도 여자라는 거구나?!'

나는 놀란 토끼눈을 하고 나를 바라보는 예린이의 눈을 마주 봤다.

안심해도 좋다는 표정을 짓자 살짝 미소를 지으며 몸의 긴장을 풀었다.

여자들의 내숭인지 아니면 모든 여자들이 갖고 있는 특성인지.

방금 전까지 반라의 내 품에 안겨 얼굴을 묻던 용감무쌍한 태도는 어디로 팔아먹고 내숭을 떨었다.

펑펑 울던 그 여인은 온데간데없이 수줍은 표정과 놀란 듯한 몸짓을 보이는 이중성의 유예린.

사락.

"어멋!"

예린이를 안은 두 팔에 살짝 힘을 실었다.

여자의 걸음으로 지금 내려가기 시작한다고 해도 시간이 한참 소요되었다.

"꽉 잡아."

오늘은 걸려도 명분이 있었다.

누가 봐도 나를 찾아 이 산중에 들어왔을 유예린.

멧돼지에 치받쳐 죽을 판인 예린이를 버리고 나 혼자 갈 수는 없다.

"보고 싶었다."

"⋯⋯."

사르르르.

진짜 사람이 보고 싶었다.

그것도 절실하게 사람다운 사람이 단 한 번만이라도 보고 싶었다.

양 도사처럼 냉혈한 같은 인간적인 냄새가 전혀 나지 않는 탈만 사람 말고, 진정한 사람.

특히 예린이 같은 아이, 아니 여인이면 더 바랄 것이 없
었다.

어렸을 때 겪은 3년 고행은 고행 축에 끼지도 않았다.

어느 정도 발육 상태가 완성되어 가는 시기의 3년은 참으
로 두 번 겪을 게 못 되는 시련이었다.

그 3년 시간 동안 지치고 병들어 가고 있었던 내 정신.

물찬 더덕도 더덕이지만 오랜만에 맡은 여인의 향기야말
로 만병 치료약이 아닐 수 없었다.

누가 뭐라 해도 난 남자.

조금 전 기운이 꽉 찬 물더덕 덕에 양기충천이 극에 이르
러 있다.

'흐흐, 감촉 좋고~'

내 목을 꽉 껴안는 예린의 가느다란 팔.

그냥 죽여줬다.

"간다."

꽉!

자리를 박차고 달렸다.

휙휙휙.

"악~!"

엄청난 속도감에 놀라 눈을 질끈 감는 유예린.

'천사가 따로 있어? 오늘은 예린이 네가 천사 먹어라.'

하늘이 주신 복덩어리.

아마 평생 오늘 일은 잊지 못할 것이다.

드디어 나를 향해 비추는 서광.

아무래도 오늘이 바로 그날이 분명했다.

설악산 탈출.

설악산 탈출과 동시에 내 삶의 제2막이 열리는 날.

바로 오늘.

제2장
자유를 향한 도주

마스터K

쉭! 쉬익!

터엉! 터억!

'나, 날고 있어!'

말도 안 되는 현실에 유예린은 정신을 차릴 수가 없었다.

자신을 품에 안고 산속을 전력 질주하는 강민.

3년 전의 그가 아니었다.

전혀 다른 사람처럼 변해 있었다.

체격, 외모, 눈빛.

뭐 하나 그때 강민의 이미지와는 같은 게 하나도 없었다.

단지 그때도 야구부며 축구부를 휩쓸 만큼의 운동 실력
을 자랑했지만 지금만큼은 아니었다.

키도 살짝 더 큰 것도 같고 구릿빛 피부는 눈 뜨고 보기
민망할 만큼 건강미가 넘쳤다.

세밀하고 정교하게 발달된 근육의 전형적인 모습이다.

일체 지방층 따위는 느껴지지 않았다.

강민은 유예린을 안은 채 한 번의 도약으로 몇 미터씩 쭉
쭉 치고 나갔다.

거의 허공에 떠 나는 듯한 느낌이 들었다.

유예린은 강민의 단단한 어깨에 팔을 올리고 굵은 목을
감아 안았다.

이렇게 가볍게 자신을 안고 뛸 수 있는 사람이 강민이어
서 다행이란 생각이 들었다.

전혀 힘에 부치지 않는 듯 땀 한 방울 느껴지지 않았다.

다만 강민의 움직임에 따라 단단하면서 부드러운 근육의
느낌이 손과 온몸에 생생하게 전달되고 있었다.

두근두근.

멧돼지에 쫓기면서 빨라진 심장 박동.

여태 진정되지 않은 채 이어지고 있었다.

어릴 때 보았던 영화 타잔이 떠올랐다.

그 영화 속 타잔 품에 안겨 밀림의 나무와 나무를 옮겨

다니던 제인이 된 듯한 기분이 들었다.

위기에 빠질 때마다 어떻게 알고 나타나 제인을 구해주던 타잔.

유예린은 강민의 불룩 튀어나온 가슴 근육에 얼굴을 대고 눈을 감았다.

상의를 입지 않은 것도 그렇고 반바지 차림인 것도 딱 타잔을 연상하기 좋은 모습이었다.

'놓치지 않을 거야……'

3년이란 긴 시간을 어떻게 보냈는지 알 수 없었다.

스승이라는 분에게 잡혀 갔다고는 했지만 직접 눈으로 확인한 것은 아무것도 없었다.

그래서 할 수 있는 것이라고는 걱정밖에 없었던 유예린.

언젠가는 다시 만날 수 있을 거라는 기대를 품고 미친 듯 공부에 빠져들었다.

꼭 자신이 원했던 대학은 아니었지만 부모님이 원하던 서울대 경영학부에 진학했다.

물론 미국 명문대에 입학할 수 있는 실력 또한 됐지만 예린이 거부했다.

언제 나타날지 모르는 강민.

그때가 언제가 될지는 모르지만 바람처럼 모습을 보이면 가장 먼저 달려가 환영해 주고 싶었다.

하지만 3년이란 시간이 지나도록 전화 한 통 없었다.

고등학교 입학하면서부터 쓰던 번호를 한 번도 바꾸지 않고 그대로 갖고 있었다.

친구들과의 연락을 위해 새 휴대전화를 개통했지만 쓰던 것을 없애지는 않았다.

강민이 첫 번째로 저장되어 있는 구형 휴대전화.

늘 갖고 다녔다.

'민아, 널 처음 봤을 때부터… 넌 내 거였어……'

처음 집착해 보는 상대였다.

그리고 욕심껏 원하는 존재였다.

강민이 모습을 감춘 직후 한국 고등학교 여학생들 대부분이 패닉 상태에 빠져 지냈다.

그중에서도 은근히 소문이 돌았던 손단비는 강민 때문에 눈물까지 흘리며 그리워했다는 얘기가 있었다.

한때 놀이공원을 휩쓸며 두 사람이 데이트를 했었기 때문에 소문은 어느 순간 진실처럼 번졌다.

유예린은 이를 악물었다.

집안이 아무리 빵빵해도 손단비에게 밀렸던 것을 만회할 수는 없었다.

국내 오성그룹만큼은 아니었지만 미국에서 상당한 기업가로 소문이 나 있던 손단비의 아버지.

거기에 LPGA를 초청 선수로 나갈 정도로 골프 실력이 월
등했다.

그리고 미모와 신비감까지 더해져 최고의 주가를 올리고
있었던 손단비.

유예린이 봐도 흠잡을 데라고는 없는 완벽한 조건을 갖
추고 있었다.

환경과 손단비 자신까지도 유예린을 꼼짝 못하게 했던
그 시절.

그때부터 유예린은 키를 키우기 위해 체계적으로 식이요
법을 실시했다.

시간이 날 때마다 최고의 트레이닝 선생을 초청해 무결
점 바디 라인을 완성해 갔다.

요가도 빠뜨리지 않았다.

효과는 훌륭했다.

더 이상 성장할 것 같지 않던 키가 무려 5센티나 더 자랐
다.

손단비에 비해 한참 작고 모자랐지만 이제는 어디 가서
도 어린아이 취급을 받지는 않았다.

당당히 여인으로서 명함을 내밀 정도는 된 것이다.

뿐만 아니라 키에 맞는 몸매도 만들었다.

높은 굽의 힐을 신으며 누가 봐도 작다고 느끼는 키는 아

니었다.

그 증거는 대학 입학과 동시에 나타났다.

예린의 뒷모습을 보고 쫓아온 학교 선배나 동기들이 한 둘이 아니었던 것.

그러나 그 어느 누구도 유예린의 마음을 흔들 수 없었다.

물론 훔쳐간다는 것은 상상할 수도 없는 일이었다.

지금 두 팔을 둘러 꼭 끌어안고 있는 청년.

오직 강민을 향한 유예린의 마음밖에는 없었다.

"타앗!"

터더덕.

맑은 기합을 터뜨리며 숲 속의 폭주 기관차처럼 달려가는 강민.

이 남자만이 예린이 마음을 허락한 사람이다.

생각만으로도 듬직하고 좋았다.

그리고…….

거짓말 같은 이 순간이 예린에게 생애 가장 행복한 순간으로 느껴졌다.

"스승님! 스승님!"

예린을 안고 도착한 하계신선루.

내공까지 사용해 있는 힘껏 스승님을 불렀다.

"……."

가까운 골짜기까지 메아리쳐 울렸지만 아무런 답이 없는 양 도사.

"여, 여기가 어디야?"

품에서 내려놓자 깜짝 놀라며 주변을 살피는 유예린.

설악산 내에 떡하니 서 있는 불법건축물에 시선이 고정됐다.

"나 사는 집!"

"…여기가 집이야?"

"어, 최근에 새로 건축한 거야!"

굳어 이 자리에 얼마 전까지 쓰러지기 일보 직전의 너와 집이 있었다고는 말하지 않았다.

집 나온 개도 안 살 것 같았던 곳에서 살았다고 밝힐 필요까지는 없는 것.

"굉장해!"

나름 주변 경관을 최대한 살려 조화를 이루고 건축된 하계신선루.

예린이는 정말 감탄하고 있었다.

"그냥 대충 살 만해."

"저거 태양열을 전기로 쓰는 거 맞지? 어머~ 위성 안테나도 있네."

예린이는 두 손을 모으고 입을 가린 채 사방을 둘러보며 감탄을 연발하고 있었다.

'모르는 소리다. 예린아! 저게 다 니 친구의 핏방울로 세워진 것이다~!'

아무것도 모르고 감탄만 하는 예린이.

상식적으로 이 산중 불법건축물인 주제에 이 정도 스케일을 보인다는 것 자체가 의구심이 들어야 하는 것 아닌가.

여자라서 그런지 그런 것에는 전혀 의심을 품지 않았다.

게다가 나 혼자 이 덩치의 집을 지었다고 하면 어디 믿기나 하겠는가.

그냥 감탄에 감탄을 금치 못하는 예린이의 반응을 그대로 두었다.

"그런데… 이상해! 설악산은 국립공원 아니야?"

그렇다.

아주 바보가 아닌 이상 그런 질문은 당연히 나와 줘야 나도 숨을 쉴 수 있는 것이다.

"공원 안에도 집을 지을 수 있는 거야? 신기해~"

"아니~ 안 돼!"

나는 낭만적인 눈빛으로 변하는 예린이의 눈동자에 아주 단호하게 한마디 내뱉었다.

"……."

순간 축축하게 젖어들던 예린이의 눈빛이 나를 향했다.

잘 이해가 되지 않는다는 눈빛.

"사실 스승님이 깡패… 셔."

"아!"

바로 이해했다는 표정으로 바뀌는 예린이의 모습.

사실 말이야 바른 말이지, 설악산 내에서는 그 누구도 못 덤비는 인물이다.

공원을 관리하는 관리소 아저씨들도 양 도사가 멀리서부터 모습을 보이면 곧장 일어나 90도로 인사하기 위해 준비했다.

익히 소문을 들어 양 도사의 비범함을 두루 알고 있었다.

게다가 가끔씩 선심 쓰듯 몸 이곳저곳이 고장 난 관리소 직원들을 방문해 중병 완치시키듯 몸을 치료해 준 것이다.

그리고 외모도 한몫 단단히 하고 있었다.

누가 봐도 설악산 신선 같은 외모다 보니 굳이 노여움을 사지 않으려 최대한 눈치껏 행동했다.

법보다 더 피부에 와 닿는 경외감.

양 도사의 본색을 아는 사람은 거의 전무하다고 해도 좋았다.

오로지 나만이 양 도사의 본색을 아는 사람.

지난 100년 동안 여우 가죽을 뒤집어쓰고 산 노인네였기 때문에 나의 말을 듣는다 해도 아무도 믿지 않을 것이었다.

"들어가 봐도 돼?"

"그럼~"

너와집 시절과 달리 이제는 당당히 선보일 수 있는 설악산 별장.

"와아, 수석 진짜 좋다. 우리 집에도 없는 건데."

집 주변에 장식되어 있는 바위들을 둘러보며 감탄을 아끼지 않는 예린이.

'저거 옮기다가 죽는 줄 알았다.'

사방 4킬로미터 이내에 박혀 있던 걸 채굴한 각종 수석.

내공 플러스 젖 먹던 힘까지 다 짜내 완성한 하계신선루다.

내가 포크레인이나 지게차는 아니었지만 양 도사는 전혀 개의치 않았다.

그저 간단하게 오늘은 뭐뭐 이렇게 하라 하고 지시만 하고 지켜보는 막노동판 관리인처럼 굴었다.

설악산 명물 흔들바위를 지고 오라 하지 않은 것만으로도 감사했다.

'3년간 노동력을 제공한 대가를 계산하지 않는다면 양

도사의 제자라 할 수 없지!!'

눈에 띄지 않는 곳곳에 분명 최첨단 CCTV를 설치해 놓았을 것이다.

나의 모든 일거수일투족을 다 꿰고 있는 양 도사.

한 방에서 자는 시간을 제외하고는 정신줄을 놓을 수 없었다.

거의 매순간을 긴장한 채 살아야 했다.

좀 마음의 여유를 찾고자 긴장을 풀라치면 시끄럽게 울리는 구형 핸드폰.

이 넓은 설악산 산중이 1평짜리 독방처럼 느껴졌다면 말해 뭐하겠는가.

"민아! 진짜 환상이야. 이 깊은 산 속에 이렇게 멋진 전원주택이 있다니……. 나 황토방에서 한번 자보고 싶어."

누구의 팔자는 제대로 서 있고 나 같은 사람의 팔자는 모로 누워 있는 모양이다.

아주 팔자 좋은 소리만 골라 내뱉고 있는 유예린.

방문을 열고 들어가더니 문간에 서서 한다는 소리가 환상이란다.

'니가 나 대신 양 도사 봉양 좀 해라~'

직접 나무를 패고 불을 지펴 봐야 내 속을 알지, 예린이는 죽어도 모를 것이다.

집을 다 짓고부터 구들장을 뜨끈뜨끈하게 데워두라고 사람을 들들 볶았다.

나이가 들어서 그렇다나 어쨌다나.

매일 뜨거운 불 앞에 앉아 있다 보면 현대판 노예가 될 것 같은 기분이 들었다.

게다가 집도 그렇다.

겉모습은 현대식 건물이었지만 구석구석 따지고 보면 구들장부터가 재래식.

호화롭게 갖출 것 다 갖추고 살았던 예린이는 불편한 게 뭔지 모를 테니 이곳이 낭만적이기도 할 것이다.

그러나 나에게는 삶의 노동 현장.

"그런데 민이 너의 스승님은 어디 계셔?"

'진정 오늘이 기회다!

잊어버리지 않았다.

유예린은 오성그룹의 공주.

그 그룹의 정보력 정도라면 나의 뒷조사는 끝냈을 것이다.

대충 파악한 것으로 나를 찾아냈으니 나도 이 정도에서는 솔직하게 나가는 수밖에 없었다.

"예린아, 나 좀 도와줘."

"뭘?"

나는 예린이의 두 눈을 바라보았다.

최대한 도와주겠다는 말을 안 할 수 없게.

"……."

나는 잠시 호흡을 가다듬었다.

"말만 해! 민이 네가 원하는 건 다 들어줄 테니까 말이
야!"

황토 구들방에서 자고 싶다던 예린이는 고개를 쭉 내밀
고 눈빛을 반짝이며 나의 대답을 기다렸다.

'미안하다 유예린, 귀여운 것.'

3년 전과 거의 달라진 게 없었다.

가벼운 친구 사이에서도 이 정도 도움은 주고받을 수 있
는 법.

"잠시만 기다려……."

타닥.

얼마 전에 우연히 알게 되었던 양 도사에 관한 엄청난 만
행.

이곳에 다시 끌려 들어오고 시간이 좀 지나서였다.

과거 내가 발견했던 황금동자삼을 양 도사가 어디에 감
춰 놓았는지 알게 되었다.

'몹쓸 영감탱이 같으니라고, 그 귀한 보물을……. 챙겨가
야지, 암.'

등산객들이 수시로 입산하는 설악산이었지만 모든 곳이 통행 가능한 것은 아니다.

사람의 행적이 없는 곳은 자연림 그대로 보존되면서 엄청난 보물들을 키워냈다.

숲은 스스로 자생능력을 발휘해 부족한 것은 키우고 넘치는 것은 조절했다.

이렇게 건강한 숲에는 몸에 좋은 뱀(?)도 많았다.

양 도사는 신선 같은 모습을 하고 뱀도 참 잘 드셨다.

그것도 독한 술에 뱀을 담가 제대로 우려내 약술로 마셨다.

보기에는 흉측하지만 맛은 끝내준다고 한 잔씩 들이켤 때마다 감탄을 자아내던 양 도사였다.

나 역시 뱀술이란 것이 남자들에게 참 좋다는 건 익히 들어 알고 있었다.

하지만 지금의 나는 뱀술을 빌릴 정도로 허약하지 않았다.

아직 공식적으로 사용하지는 않았지만 나중에 인연이 나타나면 그때 멋지게 쓸 자신은 있었다.

'말로는 여자를 경멸한다는 영감이 그러면 안 되지~ 그 기운에 뱀술까지 챙겨 먹고 뭘 어쩌겠다고!!'

기행을 넘어 양심도 없는 행위를 서슴지 않고 하는 양

도사.

명색이 스승이라는 양반이 특별히 사랑하는 장소.

그곳은 바로 설악산 지기가 제대로 흘러와 모이는 곳으로 뱀술에 제대로 영향을 주는 집 뒤편의 양지바른 터다.

'오색혈토란 게 진짜 있을 줄이야……'

땅이란 것을 매일 밟고 살지만 오색혈토를 접하고 깜짝 놀랐었다.

나무가 썩으면서 생긴 검은색의 부엽토.

밭농사에 따봉이라는 황토.

땅콩 농사에 최적화된 모래가 많은 흙까지 각양각색인 것은 알고 있었다.

하지만 그중에서 가장 명당으로 손꼽는 곳에 묻혀 있는 땅.

바로 오행의 기운을 상징하는 검정, 빨강, 황금, 푸른색, 하얀색을 띠고 있는 흙이 있다.

지면으로부터 깊이 1미터를 채 파지 않아도 햇살을 반사시킬 만큼 영롱한 빛을 띠는 오색혈토가 있는 곳이 정말 있었다.

언뜻 양 도사가 흘린 말을 전하자면 이런 곳에 조상의 묘를 쓰면 3대 정도는 거뜬히 황금 수저로 밥술께나 뜨며 산다고 한다.

믿거나 말거나지만 풍수에 일가견이 있는 양 도사의 말이니 틀리지는 않을 것이다.

그런 천하의 명당자리에 떡하니 뱀술을 투척해 놓은 양 도사.

그곳에 녀석이 있다.

'나의 황금 동자삼! 크으! 내 얼마나 너를 찾았더냐!'

당시 서울살이를 하기 위해 갈 때 가져갈 요량으로 짱박아 두었던 황금 동자삼.

양 도사는 그 귀한 것을 독주에 담가 땅속에 묻어두는 만행을 저질렀다.

이것은 고의적이고 계획적인 만행이 분명했다.

몸에 좋다고 하면 물불 가리지 않고 받아먹던 나였지만 뱀술을 보면 경기를 일으켰다.

그런 나를 잘 파악하고 있던 양 도사가 스승으로서는 해서는 안 될 사악한 짓을 저지른 것이다.

아무리 머리가 좋기로서니 나에게서 갈취한 황금 동자삼을 득실득실한 뱀술들과 함께 꿍쳐 놓았을 줄은 몰랐다.

이래 봬도 명색이 인간 세상에서는 백 년에 한 번 구경할까 말까 한다는 황금 동자삼이었다.

그토록 귀한 영초를 하찮은 뱀술들과 한 구덩이에 두었을 것이라고 누가 상상이나 하겠는가.

'머리 하나는 비상하시단 말이야.'

뭐니 뭐니 해도 머리 하나는 정말 대단했다.

고량주도 즐겨 하지만 가끔 뱀술을 하나 꺼내 들고 나와 헤벌쭉거리며 마시는 모습을 보고 있자면 입안에 침이 고이기도 했다.

살짝 땡기는 것이다.

더없이 남자에게 좋다는 뱀술.

뱀술을 보는 나의 눈은 경멸에 가까웠지만 필요성(?)을 알아가는 나이이니만큼 고민이 되기도 했다.

하지만 유리병 안에서 똬리를 튼 뱀의 끔찍한 사체를 보는 순간 3단 구역질이 창자로부터 올라왔다.

두 차례에 걸친 설악산 고행 중 아무리 배가 고파도 절대 뱀을 잡아먹지는 않았다.

멧돼지와 토끼, 꿩, 노루의 고기는 환영했지만 뱀 고기는 아니었다.

그래도 잡을 때가 더러 있었다.

귀한 뱀 한 마리 던져주면 한 이틀 정도는 나를 갈구지 않았던 양 도사.

살기 위한 방편으로 뱀을 잡아다 헌납한 적이 수십 번은 될 것이다.

그럴 때마다 희귀한 뱀은 술에 곧 몸을 담구었고 어중간한 녀석들은 다른 용도로 쓰였다.

멀끔하게 가죽을 벗겨 숯이 이글거리는 아궁이에 넣어 장어구이처럼 해서 먹었다.

그것도 굵은 소금을 대충 휙휙 뿌려가며 구워 먹었다.

도를 닦는다는 도사가 생명 있는 것들을 귀히 여기는 꼴을 보지 못했다.

이 어찌 천인공노할 만행이 아니겠는가.

몇 가지 행적만 봐도 도를 닦으러 설악산에 입산한 것이 아니었다.

일신의 몸을 보신하기 위해 터를 잡았음이 확실했다.

그것도 먹어도 쓸데도 없는 기를 보충해 아까운 청춘을 볼모로 잡아놓고 노예 부리듯 나의 황금기를 착취하는 데 쓰고 있었다.

'흐흐, 오늘… 하늘이 나에게 선심을 베푸시는구나.'

다시 한 번 도주의 기회가 주어졌음이 느껴졌다.

내가 한국 고등학교 교장 선생님과 사악한 양 도사가 그렇고 그런 사이인 줄 상상이나 했겠는가.

생각보다 좁고 또 좁은 한반도.

엎어지면 강남이요, 설악산인 것이 한반도였다.

이번에는 제대로 비행기 타고 토껴야 한다.

아무리 양 도사라 해도 아메리카까지 국산 사기가 통할

리 없다.

그리 믿을 것이다.

스륵스륵.

"오오! 이 영롱한 아지랑이를 봐."

명당터는 척 알아본다는 지관들에게나 보인다는 터의 기운.

설악산에 굴러먹은 시간이 나의 눈도 뜨이게 해 이제는 쬐끔 느껴졌다.

봄기운을 받아 슬렁슬렁 기운이 피어오르는 대지의 힘.

오색혈토가 터를 이루는 대명당터답게 빛이 반사되고 스멀거리며 솟아오르는 영기가 장난이 아니었다.

그새 후손이라도 봐뒀다면 죽을 때 딱 눈 감고 들어가 눕고 싶었다.

"동자야~ 내가 왔다. 이제 술 그만 마셔도 된다~ 흐흐흐."

괭이 따위도 필요 없었다.

스윽.

손에 내공을 주입했다.

파바바박.

두더지처럼 빠르게 땅을 팠다.

'흠~ 땅에서도 향기가 나는군.'

흙에서도 향기가 났다.

달콤하고 시원한 기운이 감돌았다.

뱀술을 묻을 때마다 아주 미세하게 맡아졌었다.

하지만 평소에도 근처에는 가까이 오지 않았었다.

어느 날 양 도사가 뱀술 한 병을 비우고 다시 한 병을 꺼내다가 무엇인가를 손에 들고 흐뭇한 미소를 짓고 있었다.

그날 심야 수련을 하고 있었을 때였다.

달빛에 비쳐 나의 두 눈에 똑똑히 보였던 황금 동자삼의 아름다운 자태.

처음엔 나의 눈을 의심했다.

제자가 찜한 동자삼을 술에 담근 채 뱀 구덩이에 숨겨 놓았을 것이라고는 상상하지 않았던 일.

푹 익기를 기다리며 사악한 미소를 짓던 양 도사의 모습을 보고 제대로 뒤통수를 한 대 걷어차고 싶었다.

살면 얼마나 더 살겠다고 그런 귀한 영초를 술에 담근단 말인가.

하늘 천도봉숭아까지 맛봤다면서 지상의 보물에까지 탐을 내는 양 도사.

지금 생각해도 그때 화기를 다스리고 마음을 가라앉힌 내가 용하게 여겨졌다.

그런 날이 있어 오늘과 같은 날이 오지 않았겠는가.

'이 불쌍한 중생과 온갖 동식물을 위해서라도 제발 좀 데려가세요~!!'

나는 하늘을 올려다보며 실현 불가능한 청을 간곡하게 바랐다.

옥황상제님을 비롯하여 염라대왕님과 무슨 샤바샤바 계약을 맺었는지 알 길이 없었다.

모르긴 몰라도 인간이 백 살 정도 살았으면 뒤로 좀 빠져주는 게 후생을 위한 도리가 아니겠는가.

파앗.

"오우!"

언제 다시 봐도 황홀한 오색혈토.

오행의 지기들이 한곳에 모여 만들어 낸 천하 명당터.

얼마 전에 흙을 파냈는데 금방 지기들이 다시 모여 오색빛깔을 만들어 냈다.

뭉글뭉글.

위를 얕게 덮고 있던 흙을 걷어내자 오색혈토의 기운이 더욱 강해졌다.

"오오~ 약이다 약."

이 역시 믿거나 말거나지만 양 도사가 분명 말했었다.

병에 걸렸을 때도 이 흙에 물을 부어 두었다가 웃물을 마시면 씻은 듯이 낫는다고 말이다.

사실 나에게 독하게 굴어서 그렇지 양 도사가 거짓말을 한다고는 볼 수 없었다.

확인할 수 있는 것들이 한정돼 있긴 했지만 또 근거없는 말도 아니었고.

단지 믿기 어려운 꿈같은 이야기들이 많은 게 탈이었다.

팅.

흙을 걷어내기를 약 70센티 정도 깊이까지 들어갔을까.

손끝에 부딪힌 것으로부터 맑은 소리가 났다.

강력한 내공도 내공이지만 흙이 어찌나 고슬고슬하고 깨끗한지 그렇게 흙을 걷어냈지만 손이 깨끗했다.

과거와 비교해 꽤나 달라진 나의 경지.

사사사사삭.

빠르게 오색혈토를 걷어냈다.

"으으……."

그리고 서서히 드러난 각종 크기의 뱀 술병들.

'진짜 도사 맞는 거야?'

나는 도사가 아니었다.

도대체 어떤 사람을 보고 도사라고 하는지 의구심이 들었다.

사기꾼 도사의 꾐에 꼬여 아까운 청춘을 날려 버린 나는 가련하고 불쌍한 제자일 뿐이었다.

'능구렁이, 저건 칠점사, 먹구렁이, 와아… 백사도 있네!'

설악산 영초를 먹고 그 기운을 온몸으로 흡수했을 백사.

부르는 게 값일 정도로 약효가 가장 뛰어난 뱀술의 강자였다.

그런 백사를 푹 담가 놓은 술병도 한두 병이 아니었다.

딸그락 딸그락.

나는 손에 잡히는 술병들을 하나둘 들어 한쪽으로 치우고 나의 동자를 찾았다.

그리고…….

"시, 심봤다! 심봤다!"

격정에 차 목구멍에서 터져 나오는 심마니들의 그 외침.

양 도사가 지척에 있다 해도 이쯤 되면 상관없었다.

다시는 못 볼 줄 알았던 나의 어린 황금 동자삼.

"흐흐흐흐흐…….."

스윽.

뱀술 사이에 교묘하게 숨겨져 있던 황금 동자삼이 담겨 있는 술병을 꺼내 들었다.

"때깔 죽인다~"

다른 어떤 산삼과도 비교할 수 없는 황금 동자삼.

아마 이런 동자삼은 설악산에서도 다시 구경하기 힘들

것이다.

은은한 푸른색 술 단지에 담겨 술에 취한 어린놈의 삼.

"도대체 양심이 있는 거야? 이런 애한테까지 독주를 마시게 하다니… 영감탱이."

3년이 넘는 세월 동안 자신의 정기를 모조리 술에 쏟고 기진맥진해 있는 불쌍한 황금 동자삼.

보이는 꼴이 거의 나의 꼬락서니와 맞먹었다.

나의 처지를 보는 것 같아 가슴이 아리다 애써 외면하며 심기를 다졌다.

독주에 취해 새하얗게 탈색한 모습이 제대로 술을 걸친 게 확실했다.

막노동에 혹사당하던 때가 어제 일처럼 선명하게 떠올랐다.

스윽.

마음 같아서는 땅굴이라도 파서 동자삼의 기운을 쪽쪽 빨아 마시고 싶었지만 지금은 그럴 만한 시간적 여유가 없었다.

얼마나 거리를 두고 멀어져도 나를 귀신같이 찾아내는 개코 양 도사.

'서울로 가야 해, 사람이 많은 서울로. 그리고 곧장… 튄다!'

쿵! 쿵! 쿵!

갑자기 얻게 된 오늘의 기회.

상황이 설악산을 벗어날 수 있는 절호의 기회로 작용하자 심장이 미친 듯 뛰었다.

제대로 설악산 탈출의 서막이 올라가는 순간이었다.

'그래도… 작은 선물 하나는 해야겠지?'

긴 시간 동안 연락도 하지 못하고 지냈던 나.

달랑 동자삼만 들고 이 정든 설악산을 떠난다는 것은 서운했다.

그리고 억울하지 않은가.

그간 나를 걱정했을 분들에게 선물이라도 하나씩 돌리려면 뭐라도 하나는 들고 가야 하는 입장.

슥! 슥!

딱 봐도 귀해 보이는 건 티가 났다.

나는 백사주 두 병을 같이 챙겼다.

여전히 보는 것만으로도 징그럽고 전혀 친근감이 들지 않았지만 어차피 생을 마감한 뱀들.

눈 질끈 감고 품에 안았다.

'기운들이 제대로네.'

탁탁탁.

챙길 건 챙겼으니 마무리를 해야 했다.

볼일을 마치고 빠르게 발을 놀려 옆에 쌓여 있던 오색혈
토로 구덩이를 메웠다.

완전범죄 따위는 꿈도 꾸지 않았다.

내가 사라진 것을 알고 나면 범죄 현장은 당연히 들통 난
다.

하지만 양 도사의 양식이라 할 수 있는 주류창고였기에
최소한의 예의는 지켜야 한다.

"예린아~!"

아직도 집 구석구석을 구경하느라 정신을 팔고 있는 예
린이를 불렀다.

'쳇! 걸린다고 죽기야 하겠어!'

도주 계획 정도가 아니고 일은 벌어진 상황.

이판사판 도주판밖에는 다른 수가 없었다.

바라는 것은 제발 양 도사가 월악산에 가 있기를 소망할
뿐이다.

"풋!"

갑자기 한쪽으로 달려가 개처럼 바닥을 파기 시작한 강
민.

술병으로 짐작되는 것들을 품에 안고 심봤다를 외쳤다.

학교를 다닐 때부터 남다른 예능감을 소유하고 있었던

건 알고 있었지만 달라진 게 없어 보였다.

'괴짜야~'

허당 같아 보이다가도 전혀 다른 사람처럼 당당했다.

능력도 특별해 못하는 게 없는 강민의 예측불허의 행동들.

한창 한국 고등학교 내에서 이슈거리로 이름을 떨치던 때가 떠올랐다.

독학으로 입학한 것부터 강민 앞에 따라다니던 온갖 수식어들.

그뿐이겠는가.

결점이라고는 찾아보기 힘든 완벽한 체격 조건에 성격까지 퍼펙트했다.

오성그룹 회장 앞에서도 거래를 했을 만큼 남자다웠던 강민.

유예린은 그런 강민을 잊지 못하고 지난 3년의 긴긴 밤을 그리움으로 지새웠었다.

그리고 오늘 그를 다시 만났다.

멧돼지 간식거리로 짧은 삶을 마감할 뻔했던 그 순간.

슈퍼맨처럼 나타나 유예린을 구해준 것이다.

과거와 달리 약간 허둥지둥하는 모습을 보이긴 했지만 그것 역시 멋있어 보였다.

"예린아, 가자!'

"어, 어디를?"

예린이는 설악산 깊은 곳에 근처 골짜기까지 끼고 지어
진 최신식 별장 같은 강민의 집이 마음에 들었다.

산속에 있어 공기부터 사람의 마음을 편안하게 해주었다.

서울에서는 도저히 꿈꿀 수 없는 신선한 공기가 폐부 깊
숙이 들어와 머리까지 맑게 했다.

현대식 건물이면서 온돌마루로 되어 있는 방.

당분간 이곳에서 민이와 그간 밀렸던 얘기들을 나누며
며칠 묵고 싶은 생각이 간절히 들었다.

생각만으로 달콤한 날들이라 기분이 한층 업되어 있었다.

그런데 무엇인가 불안한 기색을 띠며 사방을 두리번거리
며 서두르는 강민.

무엇엔가 쫓기는 듯했다.

"어디는 어디야. 집에 가야지."

"집? 지금 바로?"

"지금 당장 가야 해. 잡히면, 나 죽는다."

"무, 무슨 소리야! 호, 호랑이라도 있어?"

강민의 표정으로 보아 장난 같지는 않았다.

지금 당장 이곳을 벗어나지 않으면 정말 죽을지도 모른
다는 불안감이 그의 얼굴에 가득했다.

허리춤에 메어 있는 것을 몇 번이고 쳐다보는 강민.

빨랫줄에 걸려 있던 면티를 걸치고 도사복 같은 이상한 옷으로 칭칭 싸매놓은 것을 허리에 묶은 것이다.

"호랑이는 명함도 못 내밀어."

"…그게 뭐야?"

호랑이도 아니라면 무엇 때문에 지금 당장 도망을 쳐야 한다는 것인지.

예린이는 이 상황이 잘 이해가 되지 않았다.

"설마 도깨비!"

서울에서 나고 자란 유예린.

현장학습을 핑계 대고 몇 번 집을 떠나 시골에 간 적은 있지만 막상 이 깊은 산중에서 무슨 일이 일어나는지는 궁금해한 적도 없었다.

"업혀."

스윽.

"……!!"

말이 안 통한다고 생각했는지 강민이 유예린에게 등을 내밀었다.

"빨리!"

"어, 어……."

넓은 강민의 등을 바라보는 유예린.

싫지는 않았다.

조금 전 이곳에 당도하기 전까지 자신을 안고 내달리던 강민.

그 순간 느꼈던 짜릿했던 기분이 아직 채 가시지도 않았다.

"너 차 타고 왔다고 했지! 어디에 있어?"

"3번 주차장 쪽에."

"오케이!"

스르륵.

"꽉 잡아."

"어……."

살짝 강민의 등에 몸을 싣고 업히며 얼굴을 붉히는 유예린.

강민과 함께 고등학교 1학년에 재학 중일 때도 몇 번 상상해 봤던 모습.

제대로 한 번도 품에 안겨보지는 못했었지만 상상만으로도 얼굴이 붉어졌었다.

그런데 오늘 이렇게 그간의 여한을 풀게 되었다.

"간다!"

콰악.

"어멋!"

오른쪽 손으로는 옷으로 감싼 물건을 보호하는 강민.

나머지 왼쪽 손으로 예린이의 엉덩이를 무례하게 받치고

일어섰다.

그 순간 예린이의 입에서 자신도 모르게 뾰족한 비명 소리가 터져 나왔다.

터엉!

하지만 강민은 예린의 비명에는 아랑곳하지 않고 귀신에 쫓기듯 뒤도 돌아보지 않고 뛰었다.

미련없이 멋진 집을 벗어나는 강민의 모습이 의아했다.

"미, 민아, 무슨 일 있어?"

물 한 모금도 건네지 않고 남의 집에 들었다 벗어나는 듯한 강민의 태도.

궁금함을 참지 못하고 등에 업힌 채 큰 소리로 묻는 예린.

"예린아! 난 지금 자유를 향해 도주 중이다! 더 이상 묻지 마라!"

몇 걸음 내달리다 땅을 박차고 튀어 오르는 강민이 앞을 바라본 채 소리쳤다.

뜨거운 결의를 토하는 듯 강한 어조다.

쉬이익 쉬이익.

쇄쇄쇄쇄쇄쇄앳.

"아……."

귓가를 스쳐 지나가는 바람 소리.

예린이는 강민의 등에 얼굴을 기대고 눈을 감았다.

자유를 향해 도주 중이라는 말.

그게 무슨 말을 의미하는지 이해는 되지 않았지만 아무래도 좋았다.

죽었는지 살았는지도 모른 채 지낸 지난 3년.

그 시간을 온전히 보낸 뒤 다시 찾은 친구 강민.

그의 넓은 등에 얼굴을 묻고 있었다.

'따뜻해⋯⋯.'

볼에 느껴지는 강민의 뜨거운 체온이 전해져 왔다.

두근두근두근.

그리고 귓속을 파고드는 거친 심장 소리.

앞을 향해 내달리는 폭주기관차처럼 느껴졌다.

스스슷.

강민과 유예린이 막 떠난 자리.

방금 전 강민이 헤집어 놓은 오색혈토 명당터 뱀술 저장고에 한 영감이 모습을 보였다.

신선 저리 가라 할 정도로 자태는 설악산 산신령이나 진배없어 보이는 모습이다.

허연 수염에 새하얀 도포 자락을 날리고 선 것이 응당 신선.

설악산 내를 비롯해 근방까지 양 도사라 하면 지역 토박

이들을 비롯 몇몇 트인 자들은 거의 신선을 대하듯 신성시
하는 괴인이다.

"고 녀석 잘도 뛴다~"

뒤도 돌아보지 않고 쌩까고 내달리는 제자.

그런 강민의 뒤를 바라보며 진정 칭찬을 아끼지 않는 설
악산 양 도사.

지난 3년 동안 제자의 등골을 제대로 빼먹었는지 아쉬움
같은 것은 전혀 없어 보였다.

"멍청한 녀석 같으니라고. 밥상 다 차려줘도 엎어먹고 가
니… 쯧쯧."

양 도사는 황금 동자삼에 눈이 멀어 도둑놈처럼 설악산
을 내빼는 제자를 바라보며 안타까운 한숨을 내쉬었다.

"고작 황금 동자삼에 눈이 멀어 그 귀한 천년 용삼을 밑
에 놓고도 보지 못하다니… 저리 덤벙대서야 장가라도 가
겠는가."

그랬다.

황금 동자삼을 담근 병 바로 아래 천년 용삼을 담근 병을
두었다.

그러나 아무리 귀한 것을 눈앞에 두어도 먼저 눈을 멀게
한 것에서 벗어나지 못하면 눈 뜨고도 보물을 알아보지 못
하는 법이다.

어리석은 제자의 뒷모습에 한탄하는 늙은 스승.

그새 눈앞에서 사라져 버린 제자.

제법 쓸 만한 처자를 등에 들쳐 업고 다시는 안 볼 사이처럼 멀어져 버렸다.

도합 6년이란 시간을 함께했던 제자.

제 스스로 뼈 빠지게 고생해 지은 집을 두고 한 번은 돌아볼 만하건만 미련을 보이지 않는 제자의 청렴한 성품(?).

고로 이 세상에는 내 것이라고 할 만한 것이 없음을 익히 체득한 기특한 제자였다.

"나도 한때 저랬지……."

양 도사는 저리 도망치는 강민의 심정을 모르지 않았다.

"스승님 그늘에서 벗어나기 위해 30년을 몸부림쳤으니, 에휴……."

그래도 처자까지 챙겨 내빼는 모습이 자신보다 나았다.

그런 제자의 도주 모습을 쳐다보고 있자니 자신의 젊은 시절이 떠오르는 양 도사.

여심을 다 알지 못하던 때 첫사랑 여인에게 배신을 당한 마음을 안고 설악산에 입산했다.

그리고 다른 길은 생각해 보지도 않고 선택했던 도사의 길이었다.

오늘내일 우화등선할 거라 말하면서 무려 30년을 버티던 스승님.

세수 250세로 신선계행 직행버스를 타고 떠나셨다.

막상 동고동락하며 30년 세월을 함께했던 스승이 떠나자 허탈했던 양 도사.

마음은 한결같이 청춘이었건만 겉모습은 누가 봐도 영락 없는 중늙은이의 모습으로 변해 있었다.

그때는 다시 세속으로 돌아갈 수도 없을 만큼 도사의 모습을 띠었던 것.

그렇게 눈물을 흘리며 접어든 도사의 길을 걸었다.

얼마 동안의 시간을 흘려보내고 세상에 나갔을 때는 이미 부모님께서도 돌아가신 후.

일제 시대가 막을 내리고 광복의 광명이 온 천지에 가득 퍼져 있었다.

그 누구도 양 도사를 기다리고 있지 않았다.

외톨이가 된 설악산 양 도사가 다시 돌아온 곳은 30년간 살았던 너와집.

바로 얼마 전까지 쓰러질 듯 버티고 서 있던 너와집밖에 없었다.

"그래~ 잘 가거라~ 내빼는 실력 보니 전보다 낫구나~"

저 정도 내빼는 실력이면 총 따위도 문제가 될 것 같지 않아 보였다.

어릴 때와는 달리 3년 동안 엄청나게 실력이 향상된 제자 강민.

어디 내놓아도 이제는 양 도사 제자가 깡패들한테 맞더 란 소리는 듣지 않을 것으로 생각되었다.

"오늘 같은 날이 제격이지~ 한잔 진하게 해야겠구나~"

양 도사는 대수롭지 않다는 듯 걸음을 돌렸다.

하지만 마음 한구석이 허전해 오는 것은 어쩔 수 없었다.

백 살을 훌쩍 넘겨서도 하계에 살면서 가장 끊기 어려운 것이 정이었다.

정에 대한 미련이 양 도사의 발목을 잡았다.

양 도사는 몸을 돌려 제자 놈이 토낀 방향을 바라보았다.

아직도 두 눈에 남은 제자의 잔상을 털어내려는 듯 눈을 감았다.

오나라~ 오나라~

그때 양 도사의 주머니 안에서 핸드폰이 요란하게 울렸다.

끼릭.

최신형 스마트폰을 주머니에서 꺼낸 양 도사는 손가락을 우아하게 펴더니 통화 버튼을 스윽 밀었다.

"사백님!"

"오~ 이거 누구야? 손 박사 아닌가?"

"사백님, 한번 오시라니까 왜 그러고 계십니까. 이번 기회에 용안도 뵙고 대접도 한번 제대로 하고 싶다니까요."

"허어, 됐다니까. 내가 살면 얼마나 산다고, 그 먼 타역까지 간단 말인가. 난 설악산이 좋으이~"

한 번 팅기는 게 아주 습관이 되어 있는 듯한 설악산 큰 도사.

"전용 비행기를 보내드린다니까요. 불편한 것 전혀 없게 조치를 취해 놓겠습니다. 제가 이것저것 가르침도 받고 싶어서 그런 것이 아니겠습니까."

"가르침? 뭐, 그렇다면야… 내 사양해서 될 문제가 아니지……."

"예, 사백님! 시간 되실 때 연락만 주십시오. 곧장 보내드리겠습니다!"

"그렇다면 한번 생각해 보도록 하지. 내 이번에 미국에 한번 갈 일이 생길 것도 같고 말이야."

"네?"

"그럴 일이 있네. 조만간 연락할 테니 그럼 그리 알고 있게."

"알겠습니다! 사백님 전화만을 손꼽아 기다리겠습니다."

띠릭.

건너편에서 인사가 끝나기가 무섭게 가차없이 통화 종료 버튼을 눌러버리는 설악산 양 도사.

"그래, 도사라고 산에만 처박혀 허송세월 보낼 수야 없겠지. 때가 된 게야. 글로벌하게 놀아야지~ 큼큼."

제자가 가는 길에 어찌 스승이 빠질 수 있겠는가.

양 도사는 생각하는 바가 있는 듯 한참 고개를 끄덕끄덕했다.

"제자야~ 당분간 잘 쉬고 있거라~ 이 스승이 찾아갈 터이니~ 돈 많이 벌어 놓고~"

조용히 불어오는 바람결에 온 마음을 다해 스승으로서 간절한 기원을 올렸다.

휘이이이잉.

응당 바람이 화답이라도 하듯 불어왔다.

그리고 뮂 나게 내뺀 제자의 뒤를 쫓아 스승의 간곡한 음성을 싣고 불어갔다.

아무리 뛰어봤자 부처님 손바닥인 법.

한 번 사제의 연을 맺은 이상 그 업의 고리는 끊을 수 없는 것임을 진정 모르고 있는 것이리라.

만고의 진리를 싣고 바람은 잘도 불어갔다.

제3장
유쾌한 동화

마스터K

"밟아! 더 밟아!"

"지, 지금도 160이야."

"계기판에는 200도 넘게 나왔잖아? 이거 무늬만 스포츠카 아냐?"

"……."

명색이 오성그룹의 막내 공주.

그녀가 타고 다니는 차가 보통 차일 리가 없었다.

예린이 입장에서는 국산차를 타는 것도 상관없었지만 엄마의 반대에 부딪혔다.

여론에 보도된 바 있는 에어백이 터지지 않는다는 사건에 국산차에 대한 신뢰를 잃어 버렸던 것이다.

안타깝게도 오성그룹은 자동차 생산라인을 갖고 있지 않았다.

대신 무려 열 개의 에어백이 장착돼 있는 스포츠카가 당첨되었다.

그렇게 타게 된 스포츠카가 느리다고 옆에 앉아 타박을 하는 강민의 말에 유예린은 식은땀을 흘리고 있었다.

사실 면허증을 취득한 지 얼마 되지 않았다.

그것도 강민을 만나기 위해 억지로 운전면허증을 취득했고 차를 받았다.

'민아… 나 아직 초보야!'

자존심이라면 좀 그렇지만 고급 스포츠카를 몰고 나와 뒤에 초보 딱지를 붙일 용기는 없었다.

붙여야 한다면 '왕초보라 저도 제가 무서워요' 정도는 뒤쪽 유리에 제대로 붙이고 다녀야 할 입장이었다.

그게 유예린의 운전 실력.

현실은 그랬다.

부우웅.

하지만 속도 모르는 강민.

그의 요구하는 바대로 유예린은 두 손에 있는 힘을 다 주어 핸들을 꽉 잡았다.

그리고 액셀러레이터를 있는 힘껏 밟았다.

파스스스스슷.

실내로 파고드는 풍절음.

"좋아! 바로 이거야!"

계기판이 200킬로에 다다르는 엄청난 속도에 그제야 만족감을 표하는 강민.

거의 달리는 시한폭탄 같은 자신을 믿는 강민의 모습에 예린은 안타까(?)운 마음이 들었다.

'그래, 이렇게 죽는다 해도 민이와 함께라면 억울하지는 않아!'

어차피 오늘 자신이 죽어야 하는 운명이라면 설악산에 멧돼지에 받쳐 죽는 것보다 이게 더 낫다는 생각이 들었다.

예린이는 다시 두 번 살다가는 생이라 생각하고 있는 힘껏 속력을 냈다.

휘이잉 휘이잉.

영동 고속도로를 달리던 다른 차량들이 눈 깜짝 하는 사이 휙휙 뒤로 물러났다.

개인차가 아닌 오성그룹 법인차로 등록해 놓은 스포츠카.

살아서 영동 고속도로를 벗어나 몇 장의 딱지를 받는다

해도 그건 회사에서 내줄 것이다.

따지고 보면 이런 형태의 차량 소유도 불법이었지만 대오성그룹의 경영 철학에 대해 누가 뭐라고 할 사람은 없었다.

이 역시 대한민국 상류 사회의 풍습 중 하나일 뿐 아무것도 아니었다.

'으으으, 아직도 뒷목이 서늘하네.'

예린이를 들쳐 업고 설악산을 벗어날 때가 아직도 등골이 서늘하게 떠올랐다.

한순간 한 줄기 싸늘한 바람이 목을 휘감았다.

마치 양 도사의 싸늘한 손아귀가 스치는 듯이 말이다.

특히 스승님의 특유의 입 냄새까지 맡아졌던 묘한 바람 한 줄기였다.

뛰어봤자 부처님 손바닥 안이라는 손오공 신세가 내 처지였음을 그 바람결에 퍼뜩 깨달았다.

그 순간 죽을힘을 다해 설악산을 벗어나야 한다는 일심이 섰다.

그리고 쉬지도 않고 예린이가 차를 주차해 놓았다는 주차장까지 달렸다.

주차장에 도착해서도 예린이에게 당장 출발할 것을 강요

했다.

폼을 보아하니 딱 봐도 운전이 미숙했지만 어쩔 수 없었다.

아직 운전면허증도 없는 내가 대신 운전대를 잡을 수는 없는 일.

'스포츠카가 좋긴 좋네~'

살짝 쫄아서 운전하고 있기는 했지만 나름 안전하게 고속질주를 하고 있는 예린이.

겁없는 예린이 덕분에 스포츠카의 매력을 한껏 느낄 수 있는 기회였다.

액셀러레이터를 밟을 때마다 자체에서 바로 느껴지는 엔진의 강력한 힘이 또 제대로였다.

앞서 가던 다른 차량들을 휙휙 뒤로 보내며 고속도로를 무한 질주했다.

'나도 한 대 장만해야겠어.'

이제 나도 마음만 먹는다면 운전면허증을 취득할 수 있는 나이가 되었다.

성인이 되었다는 것은 당당히 일가를 이룰 수 있는 자격이 주어졌다는 것을 말했다.

두려울 게 없었다.

설악산에 있는 절대 정상일 리가 없는 그 영감님만 빼면 말이다.

"음악 좀 들어도 돼?"

"어? 어."

운전대를 잡은 손에 힘을 얼마나 주고 있는지 팔뚝이 경직돼 있는 예린이.

앞을 주시하는 두 눈은 웬만해서는 깜빡이지도 않는 것 같았다.

온 신경을 운전에만 집중하느라 입을 다문 지 꽤 시간이 되었다.

'귀엽네.'

외모는 함께 학교를 다니던 때보다 성숙해진 모습이었다.

하지만 아직도 뽀얗고 통통한 볼살이 그대로 남아 있는 풋풋한 스무 살의 여대생이었다.

옆에서 바라본 예린이의 얼굴은 잡티 하나 보이지 않았다.

그리고 자연스럽게 흐트러진 머리카락이 살짝씩 찰랑거렸다.

분명 마지막 봤던 모습은 전혀 발육 상태가 양호하지 않았던 여동생 수준의 친구였다.

이성으로서의 감정은 절대 느껴지지 않았었다.

지금은 차 안 가득 예린이 주변에서 풍겨 나오는 독특한 체취와 향기가 가득했다.

　숲에서 낙엽 썩는 냄새나 맡으며 살던 나를 취하게 만들고 있었다.

　'오성그룹의 공주가 뭐가 아쉽다고 나를 찾아온 거야? 겁도 없이……'

　나를 찾기 위해 설악산까지 와준 예린이가 고마웠지만 사실 이해하기는 어려웠다.

　3년 전에도 나에게 호감이 있었던 것은 알고 있었다.

　하지만 이렇게 목숨까지 바쳐가며 나를 찾아낼 정도일 거라고는 생각하지 않았다.

　공식적으로 친구 사이였던 것은 맞지만 그것도 불과 몇 개월이었다.

　더구나 학교뿐만 아니라 그 어느 곳에서도 나는 예린이게만 집중하지 않았다.

　예린이도 그 사실은 잘 알고 있을 것이다.

　학교에서 모르는 사람이 거의 없었을 정도로 나는 그때 단비와 러브 스토리를 진행 중이었다.

　세아 누나도 세라도 나에게 관심이 있기는 마찬가지였다.

　하지만 당시에는 그들 모두의 관심에 휘말릴 수 없었다.

골프뿐만 아니라 본의 아니게 여러 대사건들이 줄줄이 나를 기다렸다.

연애에 빠진다는 것은 사치였다.

하지만 지금은 그때와는 사뭇 달라진 상황.

연애는 물론이고 누구의 허락 같은 것 받지 않고 사랑하는 사람과 결혼도 할 수 있었다.

호주머니 속에 들어 있는 주민등록증 하나면 못할 게 없었다.

다른 사람들에게는 별것 아닌 국가증명서일 테지만 나에게는 그렇지 않았다.

세상 모든 것이라고 해도 과언이 아니다.

쿵 쿠궁.

'오오! 예린이에게 이런 면이?'

엠피쓰리를 재생하자마자 들려오는 강렬한 비트의 락 음악.

내가 겪었던 예린의 모습과 사뭇 다른 느낌의 음악이다.

평소 얌전하고 수줍은 소녀 같았던 예린이에게 이렇게 뜨거운 영혼이 잠재되어 있을 거라고는 생각해 보지 않았다.

스르륵.

볼륨을 높였다.

설악산에서 들었던 소리들을 지우고 싶었다.

매일 새소리, 바람 소리, 계곡 물소리… 밤마다 길을 잃고 헤매는 귀신들의 호곡성 등.

갖은 잡소리들이 섞여 귀를 어지럽게 했었다.

세상의 소리를 세탁할 필요가 있었다.

"예린아~"

"어???"

크게 울리는 음악 소리 속에서도 나의 목소리를 제대로 잡아내는 예린이.

"사랑한다~ 친구로서 말이야~"

"……."

진심이었다.

친구로서 진짜 고마운 플라토닉 사랑을 전했다.

하지만 나의 가벼운 인사말에도 얼굴을 붉게 물들이는 유예린.

'넌 도대체 내가 왜 좋은 거냐?'

그런 예린이를 보자 대놓고 물어보고 싶은 충동이 일었다.

"나, 나도."

그리고 음악에 묻혀 들려온 예린이의 대답.

'사랑하니까 청춘이지…….'

예린이의 나를 향한 순수한 마음을 희롱하고 싶은 마음은 전혀 없었다.

아직 확정돼 있지 않은 나의 연인의 자리.

나도 아직 그 자리의 주인공이 누구인지는 알 수 없었다.

나도 알아봐야 했고 누구일지 모를 상대도 나를 알아봐야 할 것이었다.

그렇다고 봤을 때 그 누구에게든 기회는 열려 있었다.

단, 나를 뼛속 깊이 감동시킬 수 있는 매력을 갖고 있길 바랐다.

누군가를 사랑하고 책임진다는 것.

시간이 지난 만큼 나는 성숙해져야 할 것이다.

부모님께서 목숨을 걸고 바다로 향할 때처럼 나는 남은 인생과 맞닥뜨려야 할 것이다.

망망대해와 같을 인생을 함께할 수 있는 여인.

그런 그녀를 나는 기다릴 것이다.

"부사장님, 이번 계약 건은 정말 훌륭했습니다. 오늘 다저스의 류가 첫승을 올렸습니다."

"당연한 것 아닌가요? 그 정도 실력은 됐으니 여우 같은 맥캔리 단장도 허락했죠."

"하하, 제가 보기에는 맥캔리 단장보다 부사장님이 더 고

단수인 것 같은데요?"

"칭찬으로 듣겠어요~"

"물론입니다."

최근 사업체명을 로얄 썬라이징 에이전트사로 바꾼 로얄 그룹의 에이전트 업체.

한국에서 돌아온 회장의 딸 제시카 로엘은 여러 건의 대형 계약을 성사시키면서 부사장의 자리에 올랐다.

아무리 회장의 딸이라 해도 가문 사람들이 이사로 있어 함부로 직책을 맡을 수 없었다.

직책을 맡는 만큼 그에 적합한 책임이 뒤따랐기에 철저하게 능력을 확인한 후에 선발이 되어 알맞은 자리에 앉았다.

그 점에서 월등한 평가를 받은 제시카 로엘.

LA에서도 알아주는 대형 빌딩의 최상부층에 위치한 집무실에서 팀장으로부터 칭찬의 말을 들었다.

파아앗.

가진 자만이 누릴 수 있는 특권 최상층.

주변 빌딩들과 멀리 공원의 푸른 숲이 한눈에 들어오는 장소였다.

비쳐 들어오는 햇살에 제시카의 붉은 금발이 한층 더한 광채를 띠었다.

서양 여성들은 이십대 초반만 넘어서도 피부의 노화가 급격히 빠른 속도로 진행되었다.

　하지만 제시카 로엘에게서는 그런 기미가 전혀 보이지 않았다.

　한국에 머무는 동안 유지법에 대해 여러 가지 습득을 해 두었다.

　특히 고기류를 많이 섭취하는 서양 여성들이 반드시 섭렵해야 하는 디톡스 프로그램.

　그것은 제시카를 이십대 초반의 여대생처럼 보이게 했다.

　더욱이 전문 모델들과 나란히 해도 전혀 꿀리지 않는 늘씬한 체형과 외모는 로얄그룹 최고 미인이라는 타이틀을 갖게 했다.

　게다가 그룹 산하 사업체의 부사장 자리까지 꿰찬 상태.

　그것도 낙하산이 아니라 철저한 자신의 능력으로 얻은 자리였기 때문에 평사원들은 감히 제시카 로엘을 마주할 수 없을 정도였다.

　이곳은 근로 계약과 해고가 자유로운 미국.

　실권자의 말은 곧 하늘의 메시지와 버금갔다.

　단 몇 달의 실직으로도 개인 파산이 되고 마는 유리알 같은 신용 사회가 바로 미국이었다.

그러니 상사의 말은 곧 법일 수밖에 없다.

"샘, 제가 부탁했던 정보는 어떻게 됐죠?"

"그 이후로 소식이 없습니다. 산속에 잠적한 뒤로 유령처럼 사라졌습니다."

"…알겠어요. 혹시라도 그에 관한 연락이나 정보가 오면 바로 저에게 연결해 주세요."

"알겠습니다, 부사장님."

머리 회전이 둔하다는 편견이 따라붙어 있는 금발의 여인.

그럼에도 사내에서는 그 누구도 제시카 로엘을 무시할 수 없었다.

하나에서 열까지 완벽하게 사무적으로 처리하는 빈틈없는 인물이었다.

하버드 대학교 출신 박사는 미국에서도 흔치 않은 학벌이었다.

부족할 것 없는 그녀가 유난히 집착을 보이고 있는 한국인 한 명.

CIA에 연결되어 있는 로얄그룹의 정보력까지 동원해 그 사람에 관한 정보를 캤다.

그러나 3년 전 당시 한국 마피아와 북한 간첩과 연루되고 잠적해 버린 뒤로 행방이 묘연해졌다.

이후 무려 3년이란 시간이 지났지만 아직도 포기하지 못하고 있는 제시카 로엘.

"부사장님, 그 사람이 그렇게 중요한 인물입니까?"

지금까지 참고 그 일을 맡아 하던 샘 사무엘 정보 팀장이 물었다.

정보가 생명인 에이전트사의 핵심 인물이었다.

"다이아몬드예요."

"네?"

"그것도 원석이 아니라 완벽하게 가공된 최상급의 품질을 자랑하는 상품이에요."

의심할 여지도 주지 않고 확신에 찬 눈빛의 제시카 로엘의 말.

샘은 의문에 찬 시선으로 제시카를 바라보았다.

"구체적으로 설명해 주시겠습니까?"

사람을 상대하는 에이전트사였지만 가치있는 인물일수록 상품 가치가 높기 때문에 처음부터 사람을 거래 상품으로 취급했다.

스포츠 종류도 많지만 그 인기도에 따라 상품성은 더욱 세밀하게 나누어졌다.

"골프."

"동양인이 골프라… 마이너스 요소군요."

전 세계적으로 아무리 골프가 대중화되었다 하더라도 주 상품 타깃은 아시아인이 아니었다.

상품이 동양인이라면 그 가치에 살짝 문제가 발생할 수 도 있었다.

"야구."

"네?"

뒤이어 흘린 제시카의 조용한 한마디.

"그것도 메이저리그 양키스나 보스턴, 다저스의 1선발 급 정도 수준이라면 어떨까요?"

"허헛, 1선발!"

메이저리그 1선발은 팀의 기둥이다.

던지면 7할 이상의 승수를 스스로 얻을 수 있는 괴물 급 의 인물들이 1선발이었다.

더군다나 상위 팀의 1선발이라면 가늠하기 어려운 능력 을 겸비하고 있어야 했다.

"아~ 타석에서도 30—30클럽을 충분히 달성할 수 있는 인재예요."

"그, 그게 정말입니까?"

투수는 그렇다 치더라도 타석에서 30홈런과 30도루를 함 께 얻어낼 수 있다면 그건 사람이라 할 수 없다.

"사람이 맞습니까?"

그리고 3년 계약에 1억 달러 이상을 능히 받을 수 있는 대물 중의 대물.

로드리게스가 1년에 3천만 달러를 받았지만 지금 제시카가 평가하는 이상이라면 메이저리그 최고 연봉이 될 수도 있었다.

"축구~"

샘의 질문에 대한 대답으로 제시카는 씨익 웃으며 또 한마디를 뱉었다.

"…노, 농담이시죠?"

"흐음, 제가 지켜 본 바로는… 멘체스터 주전 공격수 정도 수준이라고 말할 수 있어요."

"으으……."

샘은 달리 할 말이 없었다.

단지 신음밖에 나오지 않았다.

제시카의 안목이라면 믿을 만했다.

이번에 다저스에 입단시킨 한국 투수 류만 보더라도 제시카의 안목이 어떤지는 알 수 있었다.

투수들의 철옹성이라 불리는 다저스에서도 선발로 취급되는 류.

연봉이 1,000만 달러에 엄청난 이적료를 주고 나서야 계약이 체결되었다.

류의 이적에 관련한 모든 일이 제시카의 공로.

이번 계약으로 로얄 썬라이징 에어전트사는 수수료로 500만 달러 이상을 받았다.

"반드시 연락이 올 거예요. 제시카 로엘를 찾는 한국인이 있다면 무조건 바로 연결해 줘야 합니다. 만약 나에게 보고 없이 처리했다가는 담당자뿐만 아니라 그 팀원들 전부 로얄그룹 사원증을 반납해야 할 겁니다. 분명히 직원들에게 명기시켜 두도록 하세요."

제시카의 조용하고 강한 어조의 경고 메시지.

"아, 알겠습니다."

바로 전달할 수 있는 비서진이 따로 있었지만 팀장급에서 하달되는 부사장의 전달 사항이 더 파워가 있었다.

"그럼 나가보세요."

"수고하십시오."

나이는 한참 어린 제시카였지만 팀장 샘은 고개를 살짝 숙여 보이고 사라졌다.

"하아……."

샘의 모습이 사라진 후에야 긴 한숨을 몰아쉬는 제시카 로엘.

"지금쯤이면 한창 꽃이 피어 있겠군."

꽤 오랫동안 한국 생활을 했던 제시카로서는 이 계절의

한국이 그리워지기도 했다.

스포츠에서 두각을 보이는 한국의 인재들을 등용하기 위해 파견되었던 한국.

아버지를 따라 어린 시절부터 한국 생활을 했던 탓에 추억이 많았다.

한국 고등학교에서 교직 생활을 하면서부터 제대로 한국의 매력에 빠져들었다.

사계절이 뚜렷한 한국의 계절.

제시카의 눈으로 확인했던 역동적인 경제 성장을 보였던 한국.

아직까지도 인간적인 정이 흐르는 사회적 분위기가 남아 있는 국가였다.

총기를 소지하지 않아도 저녁 거리를 산책할 수 있는 것뿐만 아니라 보디가드를 달고 다니지 않아도 됐다.

세계 각국의 사람이 많이 들어와 생활하고 있어서 외국인에게 친절을 베푸는 사람도 많았다.

하지만 이곳은 시내에 나갔다가도 저녁이 되면 당장 집으로 돌아가거나 상시 보디가드를 대동해야 했다.

늦은 저녁에는 아예 다운타운가에는 들어가지 않는 게 좋을 정도다.

이때쯤 되면 한때 몸담았던 한국 고등학교에 대한 그리

움이 제시카를 흔들었다.

교정을 둘러 피는 꽃이 일품인 한국 고등학교의 풍경은 고풍스럽고 아름답기 그지없었다.

작지만 묘하게 사람을 품어 안는 건물들의 배치가 인상적인 곳이기도 했다.

아메리카의 빌딩들에서는 찾기 힘든 어떤 초자연적인 힘 같은 걸 느낄 수 있었던 곳이었다.

"민~ 이제 그만 나타나시지? 날 너무 외롭게 하고 있어~ 그러다 후회할 거야."

어린 나이였음에도 충분히 남자로서의 매력을 갖고 있던 소년.

회전이 빠른 머리와 못지않은 운동 신경까지 함께 갖고 있던 강민이었다.

지금쯤 그때의 느낌을 그대로 갖고 성장했다면 남자로서의 매력은 충분하다 못해 넘치고 있을 것이다.

제시카가 고등학교 다닐 때 사귀었던 남학생들은 모두 잘나가는 소년이었다.

교내에서 제일 인기가 있던 럭비부 주장부터 하버드대 공부 벌레까지 약 10여 명에 달하는 인재를 만나본 제시카.

지금까지 만나 상대해 본 남자들의 각양각색의 능력을 모두 합쳐 놓은 듯했던 강민이었다.

동양인 치고 키와 외모 또한 눈에 띄게 뛰어나 상품성으로 전혀 문제가 될 만한 요소가 없었다.

아시아 쪽 시장만 겨냥한다고 해도 상상 이상의 대박을 노릴 수 있는 상품이다.

아메리카와 유럽을 떠나 세계 경제 중심축이 되어 가고 있는 아시아 시장.

그 시장의 흐름 변화를 생각할 때 강민이 해답이 될 수 있었다.

"제발 연락만 좀 해! …강민 너를 세상에 홀로 빛나는 스타로 만들어 줄 테니까 말이야."

능력만 받쳐준다면 포장은 어떻게든 가능했다.

그 방면에 있어 제시카를 따라갈 사람은 없었다.

그런 면에서 강민은 어학 쪽에 있어서도 천부적인 능력을 갖고 있었다.

히어로에 대해 열광하는 미국 시민들에게 강민만큼 매력을 어필할 만한 이도 존재하지 않았다.

똑똑.

"누구세요?"

딸깍.

'뭐야?'

비서실의 인터폰도 없이 똑똑 소리와 함께 열리는 제시

카의 사무실 문.

"언니~"

"아만다!"

"호호, 왜 이렇게 놀라! 무슨 생각을 하고 있었던 거야?"

문을 밀고 한 여인이 사무실로 들어왔다.

제시카와 쌍둥이처럼 똑 닮은 아직은 어린 티가 나는 여자.

전혀 흠잡을 데라고는 찾아보기 힘든 팔등신의 완벽한 바디 라인을 자랑하는 미모의 여성이었다.

검정 가죽 팬츠와 재킷은 붉은 금발과 묘하게 매치되며 거친 매력을 물씬 풍겼다.

아만다 로엘.

올해 스무 살로 로엘 가문의 막내딸이다.

현재 골프에 두각을 보이며 유망주 대열에 당당히 오른 여성.

제시카와는 다른 성격으로 활동적이면서 말괄량이 기질이 강한 아만다.

부친의 사랑을 한 몸에 받는 로엘 가문의 보석이라고 할 수 있었다.

"생각은 무슨~ 몸은 다 풀었어?"

"내가 누구야~ 다 끝내고 언니하고 맛있는 거 먹으려고 왔지. 나 근사하고 맛있는 데로 데려가 줘~"

막 코스에서 몸을 풀고 온 아만다.

"알았어. 공주님이 원하시는데 이 몸이 완벽한 정찬을 예약해 놓겠습니다."

"호호, 고마워~"

집에서는 아예 공주님으로 불리는 아만다.

부모님께서 사업체를 운영하느라 늦게 얻은 만큼 아만다를 향한 사랑이 끔찍했다.

"어때! 자신은 있는 거야?"

"물론이지. 동양인 애들이 살짝 신경 쓰이지만……."

"단비 손하고 차이나 소녀?"

"응, 화령 왕이라고 어감이 독특한 이름을 갖은 소녀까지 둘이야."

곧 시합을 앞두고 있는 아만다였다.

한국의 손단비와 중국의 왕화령을 신경 쓰고 있는 듯한 눈치.

'아만다 또 긴장했네.'

겉으로는 자신있다고 당당한 척 굴고 있지만 아직은 멘탈 면에서 그녀들을 따라갈 수 없었다.

실력은 뒤쳐지지 않았지만 감정 컨트롤에 아직 약해 기복이 심했다.

'과연 단비를 이길 수 있을까?

리비에라 골프장에서 벌어지는 LPGA 투어.

각종 전문 언론을 통해 쏟아지는 정보에는 이미 세 사람을 우승 후보로 점찍고 있었다.

아메리카의 아만다와 한국의 손단비, 그리고 중국의 왕화령이다.

제시카가 꾸리고 있는 사업체 내에서도 세 사람 중 한 명이 우승할 가능성이 높다는 결론을 내놓은 상황이었다.

그중에서도 제시카는 손단비를 우승 후보로 예상하고 있다.

한국에 있을 때 직접 접한 바 있는 손단비의 골프 실력.

그 누구라도 놀랄 만한 실력과 또 세상을 깜짝 놀랄 만하게 할 스타 감이었다.

"긴장하지 말고 잘해. 넌 잘할 거야. 이 언니가 응원 갈게."

"정말? 바쁘지 않아? 호호, 그럼 나야 고맙지!"

한국에 다녀온 이후 성격에 살짝 변화가 생긴 제시카.

가족이라는 구성원들에 대한 소중함을 느꼈다고 해야 할까.

힘들고 거친 세상에서 가족만큼 든든한 울타리가 없다는 것은 거리를 두고 떨어져 살다 보면 실감하게 되는 현실이다.

"나가자."

"알았어～"

오늘 일은 이쯤에서 정리해도 무방하다고 생각한 제시카
는 자리를 정리하고 일어섰다.

곧 있을 시합도 그렇고 아만다가 좋은 성과를 얻고 싶어
하는 마음도 이해했다.

오늘 하루쯤은 아만다에게 든든한 울타리 역할을 해주는
것도 좋다고 생각했다.

우적우적.

꿀꺽 꿀꺽.

'죽인다! 바로 이 맛이야!'

지난 3년간 잊고 살았던 조미료 맛의 세계.

평소에는 섭취를 거부했던 MSG의 놀라운 미감.

이제는 괜찮았다.

내공이 강해진 만큼 몸 밖으로 웬만한 독소는 운기행공
중에 배출할 수 있었다.

"천천히 먹어! 그러다 체하겠어."

단 한 번도 밟아보지 않았던 과속으로 강원도를 벗어났
다.

제아무리 하늘을 나는 신선 할배라 해도 쫓아오기 힘든 스포츠카의 위엄.

강원도를 벗어나고 화장실이 급하다는 예린이 덕에 들르게 된 휴게소다.

눈이 돌아갔다.

휴게소 먹거리 장터에서 나를 유혹하는 온갖 세상의 음식들.

떡볶이부터 시작해서 감자튀김, 오징어 구이, 호떡, 어묵 등등에 호두과자까지.

예의 따위는 집어던져 버리고 폭풍흡입을 시작했다.

볼일을 보고 온 예린이가 카드를 든 채 눈을 동그랗게 뜨고 흥분한 목소리로 나를 진정시켰다.

"엄청 먹는구만."

"저 오빠 진짜 잘 먹는다."

"좀 그렇다~ 거지 같아⋯⋯."

어묵 스무 개에 떡볶이 세 접시.

그리고 순대 삼 인분과 오징어 세 마리에 따끈따끈한 호떡 열 장.

그 밖에도 여러 가지 분식거리를 입안에 쑤셔 넣는 것을 코너마다 들르던 사람들이 쳐다보며 한마디씩 쑥덕거렸다.

'모르면서 함부로 말하면 안 되지~ 우적우적, 자기들은

나보다 더할 거면서~ 우적우적.'

현대식으로 개량을 하긴 했지만 나 혼자서 주구장창 3년 동안 요리를 했다.

나도 누군가가 차려주는 밥상 앞에 앉아 맛있게 음식을 먹고 싶었던 적이 한두 번이 아니었다.

하지만 그런 호사는 전혀 허락되지 않았던 3년 동안의 식모 생활.

알 수 없는 각종 조미료와 정체를 알 수 없는 재료들로 만들어진 휴게소 음식이었지만 황송했다.

세상에 굶주렸던 나의 배와 영혼을 채우기에 충분한 양식이 돼 주었다.

"크음~"

예린이가 두 눈을 뜨고 쳐다보고 있는 상황.

대놓고 시원하게 트림을 할 수는 없으니 점잔하게 마무리를 했다.

"배불러?"

"이제 좀 살 것 같다."

"호호, 정말 잘 먹어. 학교 다니던 때랑 변한 게 없어."

'그립구나. 급식……'

한국 고등학교의 급식.

두 번 다시 돌아갈 수 없는 한국 고등학교 재학 시절.

이 나이 먹고 민증에 피도 안 마른 것들과 함께 학교를 다닐 수는 없었다.

아무리 생각해도 아쉬움이 절절 끓는 나의 고등학교 시절이다.

고작 단 몇 달 동안만 허락되었던 나의 추억이 한 서린 학교 생활.

"예린아."

"응?"

"넌 나의 구세주다."

"피이, 말로만 그러지 말고 증명해 봐~"

배도 든든하게 차고 마음도 어느 정도 안정이 되자 예린이의 본래 모습이 그제야 눈에 들어왔다.

예뻤다.

'진짜 많이 컸네.'

삼 년 전 절벽에 가까웠던 가슴이 제법 봉긋 솟아 여인의 향기를 물씬 풍기고 있었다.

오성그룹의 재력이 키를 늘리는 기술까지 개발을 했나!

휴게소에 걸어 다니는 그 어떤 여인들보다 키도 크고 매력적인 모습을 갖춘 유예린.

복장은 간단한 등산복 차림임에도 불구하고 평범한 사람들을 압도했다.

보고 자란 환경이 달라서 그런지 몸에서 귀티가 풀풀 날렸다.

오가는 성인 남자들은 예린이를 힐끔거리며 눈요기로 삼고 있었다.

내가 옆에 있어서 약간의 거리를 두고 스쳐 지나갔지만 감출 수 없는 수컷들의 본능이 느껴졌다.

실로 오랜만에 가진 자의 여유를 만끽하고 있었다.

"걱정하지 마라. 이 은혜는 내 죽는 날까지 어떻게든 이자 쳐서 갚아주마."

"정말?"

"그럼~ 나 강민이 뱉은 황금 같은 약속이다."

오늘 예린이를 만나지 않았다면 가능하지 않았을 도주.

아무리 양 도사가 설악산에 없었다 하더라도 도망칠 기회를 잡기는 어려웠을 것이다.

매번 그랬듯이 실패할 게 빤하다고 여겨 용기를 내지 못하고 주저앉아 저녁이나 하고 있었을 테니까 말이다.

"좋아~"

덥석.

'헐!'

나의 말에 갑자기 팔에 덥석 매달려 오는 예린이.

'으음.'

다 큰 성인 여자가 낼모레 시집을 가도 하나도 이상할 게 없는 판에 부비부비를 해왔다.

그런데 그 느낌이 묘하게 기분 좋았다.

'조, 좋구나~'

충분히 아름답다는 말을 들을 만한 예린이의 육탄 공세.

예기치 않은 상황에서 꽤 그럴싸한 황홀함이 느껴졌다.

이렇게 비유해도 될지 모르지만 3년 면벽 수행하던 새파란 젊은 승려가 이제 세상에 나왔다가 여염집 아낙의 손에 당하는 심정이랄까.

직접 당해보지 않으면 말로 표현하기 어려웠다.

사람들도 오가는 휴게소 한복판에서 이러는 건 거의 고문 수준이었다.

'예린아~ 너와 난 친구다, 친구. 암 그렇지 친구.'

입 밖으로 내뱉지는 않았지만 예린이에 대한 나의 감정은 처음이나 지금이나 첫인상과 감정이 편안했던 이성 친구에 머물러 있는 게 사실이었다.

여인으로서 아름답게 성장해 있는 예린이를 보고 마음이 잠깐 바람결에 흔들리듯 요동친 것은 사실이지만 그 이상일 수는 없었다.

지금 당장 한 사람에게 올인하기에는 나의 청춘이 경험한 것이 너무 없었다.

가득이나 일평생을 함께 동반자로서 살아야 할 사람을 결정하는 일에 있어서는 더욱 신중을 더해야 하는 법.

그 가치를 점칠 수 없는 작은 유혹(?)에 쉽게 나를 팔 수는 없었다.

그 경험은 이미 할 만큼 한 상황.

양 도사와의 거래를 통해 뼈저리게 깨달은 바가 있는 나로서는 매사 신중을 기해야 했다.

설사 예린이가 오성그룹이 촉망받는 막내딸이라 해도 달라지지는 않았다.

"예린아, 오늘 좀 팍팍 좀 써야겠다."

"아직도 배고파?"

"아니!"

배를 든든하게 채우고 나니 나의 꼬락서니가 눈에 들어왔다.

"내 꼴을 좀 봐라! 인간답게 입어야겠어."

"옷? 이런 곳에 옷 파는 곳이 있어?"

"저기?"

"와아! 정말이네. 이런 데도 옷가게가 있단 말이야?"

나는 휴게소 주변을 싹 한 번 살펴보고 한쪽에 자리해 있던 유명 메이커 할인매장을 가리켰다.

누가 있는 집 딸 아니랄까 봐 휴게소가 어떤 모양으로 돌아가는 잘 모르고 있는 예린이.

'이 따위 꼬락서니로 서울에 입성할 수는 없지.'

찢어지기 일보 직진인 반바지에 빨랫줄에 걸려 있던 넝마 같은 면 티 한 장이 전부.

챙겨 나온 것은 고장 술병 몇 개.

사정이 사정인 만큼 예린이에게 신세를 져야 했다.

3년 만의 귀환인데 금의환향은 아닐지라도 설악산 산거지 꼴로 가고 싶지는 않았다.

나는 술병들을 잘 챙겨 트렁크에 넣었다.

예린이의 여벌 옷 몇 개를 써서 술병을 돌돌 말아 예린이도 볼 수 없도록 해두었다.

자칫 예린이가 보기라도 한다면 큰일.

웬만한 강심장을 가진 여인이라 해도 뱀술을 자신의 차 트렁크에서 느닷없이 보게 된다면 혼이 반절 나가고 말 것이다.

"좀 비싼 거 사도 돼?"

"물론이지~"

'캬아, 이래서 여자 친구도 잘나가는 여자 친구를 만나야 하는 거야~'

계획적인 건 아니었지만 이런 상황이라면 부담도 덜 되고 좋을 거란 생각이 들었다.

내가 이래봬도 속물은 아니다.

여자에게 빌붙어서 빨대나 꽂고 인생을 낭비할 만큼 생각이 없는 사람도 아니고 말이다.

다만 이렇게 도움이 필요할 때 예린이의 가정 환경은 누구에게든 추천할 만했다.

사실 말이야 바른말이지, 없는 내 처지보다 낫지 않은가.

'당분간 비밀로 해야 해. 제시카에게 어떻게든 연락을 해보고 이 땅을 떠나는 게 급선무야!'

비밀첩보 요원도 아닌 내가 숨을 죽이고 당분간을 살아야 할 입장이 된 현실.

나를 나라고 밝히지 못하고 겁먹은 쥐처럼 서울 하늘 아래 처박혀 숨어 지내야 했다.

'고생 끝에 낙이라고, 꿀맛 같은 행복을 맛보려면 감당해야 할 일. 조금만 참자.'

이번에는 기회를 놓치고 싶지 않았다.

미국으로 건너가 자리를 잡는 대로 대학에 입학하고 대학 생활을 해볼 생각으로 머릿속이 가득 차 있었다.

보상 심리가 발동했는지도 모르지만 대부분의 사람들이 다 누려보는 학창 시절이 나는 몹시 고팠다.

절실할 정도였다.

"선생님들께선 잘 계시지?"

"누구? 어떤 선생님?"

"담임 샘이랑 양호실 샘, 그리고 장세아 샘 등 다 말이야."

"…어째 속 보이는 안부 같아 기분 그렇다?"

눈치 빠른 유예린.

한국 고등학교 내에서도 한 미모 하시는 분들을 언급하자 바로 눈을 흘기며 비아냥거렸다.

"뭐가? 당연한 거 아냐? 학생이 선생님을 뵙지 못한 시간이었으니 안부를 묻는 건 당연한 거지!"

나는 눈썹까지 치켜뜨며 째리는 예린이를 똑바로 쳐다보며 시치미를 뗐다.

"휴우……."

길게 한숨을 내쉬는 예린이.

먹은 나이만큼 눈치도 또 여자로서의 직감도 함께 발달한 듯했다.

"그래그래~ 다들 잘 계셔. 나이들도 차셨는데 시집들 가시지, 왜 그렇게 학교에만 목을 매고 사시는지 이해할 수가 없지만……."

"그래?"

'그럼 아직도 결혼들을 안 하셨다는 소리?'

제자로서 순수하게 안부를 궁금해했던 것인데 예린이 입을 통해 흘러나온 말들은 나를 위한 선물처럼 느껴졌다.

괜히 아직도 시집을 가지 않고 계시다는 말에 마음이 흐뭇해지는 묘한 현상이 일었다.

"왜 지금 찾아뵙게?"

"아니! 시간 나면~"

"강민! 너 진짜 바람둥이야?"

'바람둥이는 무슨, 그저 바람을 즐길 뿐이라네~'

"왜에 또?"

나는 대수롭지 않게 대꾸하고 바람에 재껴지는 나무들에 시선을 두었다.

"그렇잖아~ 여자 샘들보다 골프부 코치님 안부부터 물어야 맞는 거 아닌가 싶어서 말야!"

뜨끔.

살짝 찔리는 양심.

예린이 말이 맞긴 맞았다.

하지만 3년 전 당시 마지막에 그 두 분이 무사할 수 있는 광경까지 눈으로 확인했었기에 잊고 있었다.

"자, 잘 지내시지?"

찔린 양심에 말까지 더듬거리며 흘러나왔다.

"응, 얼마 전에 득남득녀 하셨다고 하더라."

"득남, 득녀?"

"이란성 쌍둥이를 얻으셨대."

'오! 인생 성공하셨네.'

충분히 축하받을 만한 삶을 꾸리고 계시는 임혁필 코치님.

기대 이상의 안부를 듣게 되었다.

'나도 할 수 있다!'

언뜻 보잘것없어 보이던 산적 코치님도 미모의 여인과 결혼을 했다.

그리고 쌍둥이를 얻었는데 내가 못하면 그건 유전자 배합까지 완벽하게 만들어 주신 조상님들에 대한 예의가 아니었다.

그건 범죄에 가까운 인생 실패나 마찬가지다.

"능력 좋으시네~"

"그렇지? 프로 대회에서 우승도 했대! 한국 고등학교 코치 자리는 그만두셨지만 요즘 제대로 황금기를 보내고 계시는 거 같아."

'그 황금기 내가 만들어 줬다~'

눈치코치도 없어 서영 누나에게 다가가지도 못했던 산적 임혁필 코치님.

사랑의 오작교를 제대로 만들어 주었다.

나 때문에 조폭들에게 잡혀 곤혹을 치르기는 했지만 나 역시 최선을 다해 구출하는 데 도움을 드렸다.

'한번 찾아가 봐야지. 우승했다면, 이제는 먹고사는 일은

걱정하지 않고 지내시겠지.'

국내 대회라 해도 남자 프로 대회에서 우승을 했다면 상
금이 몇 억은 기본으로 되었다.

미국 LPGA 투어 여자 우승 상금과 별로 차이를 보이지
않는 금액.

"사랑해~ 사랑해 ."

그때 부드럽게 울리는 음악 소리.

예린이의 휴대전화 벨소리였다.

"……!!"

핸드폰을 꺼내 쳐다보던 예린이의 얼굴이 살짝 굳어졌다.

"안 받고 뭐해? 사채업자라도 돼?"

"어, 엄마야."

"그럼 더 받아야 하는 거 아니야?"

"그, 그게 나 여기 있는 거 알면… 죽어."

'엥?'

세상에서 무서울 것 하나 없어 보이는 예린이.

엄마라는 사람을 꽤나 두려워하는 눈치다.

"받아! 안 받으면 더 걱정하시잖아."

"응……."

나의 말에 고개를 끄덕이며 눈을 맞추는 예린이.

스륵.

가볍게 터치하는 가늘고 예쁜 손끝.

"어, 엄마."

"어디니? 무슨 일 있어? 왜 이렇게 전화가 없어?"

통화가 연결되자마자 들려오는 세상 모든 엄마들의 다 같은 다다다 신공이 펼쳐졌다.

"그게 친구하고 등산 좀 했어……."

"등산? 학교는?"

"오늘 아침 수업은 휴강이라."

"친구 누구?"

"……."

'에휴, 거짓말이 익숙지 않군.'

엄마라는 존재들의 간결하면서도 짧고 굵은 공격에 금세 말문이 막혀 버린 스무 살 예린이의 모습.

아직 엄마의 그늘을 벗어날 때가 안 된 게 느껴졌다.

더욱이 세상의 때는 덜 묻은 상태.

저런 식이니 죽을지도 모르고 설악산 입산 금지 구역에 찾아들었겠지.

"내가 모르는 우리 딸 친구가 있나? 호호, 혹시 남자 친구?"

예린이에 대해 속속들이 다 알고 계신 듯 예린이의 어머니는 딸의 당황스러움을 놀리고 계셨다.

장난기 많은 또래 친구 같았다.

"웅......."

"뭐~ 어! 지, 진짜야!"

"어, 남자 친구랑 함께 있어."

"어머어머! 유예린! 너 많이 컸다. 세상이 어느 때인데 남자하고 무서운 줄도 모르고 등산을 다녀! 거기 어디야!"

아닐 거라 생각하고 놀리던 오성그룹의 안주인이 흥분하기 시작했다.

간간이 신문이나 텔레비전 방송을 통해 얼굴이 비친 적 있는 오성그룹 안주인.

그때 보았던 조신하고 고상해 뵈던 외모와는 느낌이 많이 달랐다.

"남자 친구 생기면 숨기지 말고 말하랬잖아~!"

다다다 터지는 잔소리.

"너, 너 말야~ 고등학교 때부터 좋아하던 그 녀석은 어떻게 하고?"

"그 친구야."

"......"

옆에서 지켜보고 있다 보니 예린이는 내가 생각했던 것보다 고수였다.

이 정도 대화라면 엄마를 약 올리는 거라고 봐도 좋았다.

"데려와."

잠시 간의 침묵 뒤에 들려오는 한마디.

"어?"

"집으로 데려오라고. 직접 눈으로 봐야겠다."

"어, 엄마."

"저녁 먹을 시간에 맞춰서 집에 도착하도록 해."

띠링.

'헐? 이건 또 뭐야?'

생각지도 못한 순간에 예린이가 제대로 한 방 맞고 말았다.

예상치 못한 반전이 예린이 어머니 쪽에서 일어난 것.

"미, 민아……."

전화기 너머 엄마의 일격에 침몰당한 예린이는 난처한 표정으로 나를 쳐다보았다.

뭐, 그렇게까지 난처해하지 않아도 되는데 말이다.

'흐흐, 그래, 서울 입성 턱이 이 정도는 되어야지~'

설악산을 하산하자마자 오성그룹 회장님 댁에서의 저녁.

적어도 오늘 하루는 누가 뭐라 해도 유예린의 남자 친구 신분이었다.

고등학교에 입학하기 위해 처음 3년 동안의 설악산 너와 집 생활을 접고 입성했던 강남.

그리고 첫 등굣길에 만난 이성 친구 유예린.

그때와 달라진 건 서로의 모습이 전부인 듯했다.

친구 집에 밥 한 끼 먹으러 가는 건 이상할 것도 없는 일.

"가자."

"정말?"

"밥 주신다잖아!"

"어……."

"어머니께서 초대하신 건데 거절하면 예의가 아니지."

"고, 고마워!"

"별말을 다 한다~ 하하하하."

'고맙기는~ 유예린~ 넌 내 스무 살 인생의 첫 기쁨을 안겨준 고마운 친구다~ 하하하.'

설악산을 벗어나는 순간부터 나에게 허락된 자유.

마음속이 아닌 현실에서 느껴지고 있었다.

유쾌한 웃음이 차장 밖으로 내민 손끝에 스치는 바람처럼 시원하게 터졌다.

그 어느 곳에서든 설악산 양 도사의 얼굴만 보지 않으면 되었다.

그거 하나면 이 세상 사는 일 그저 한 편의 즐거운 동화이겠거니 보낼 자신이 있었다.

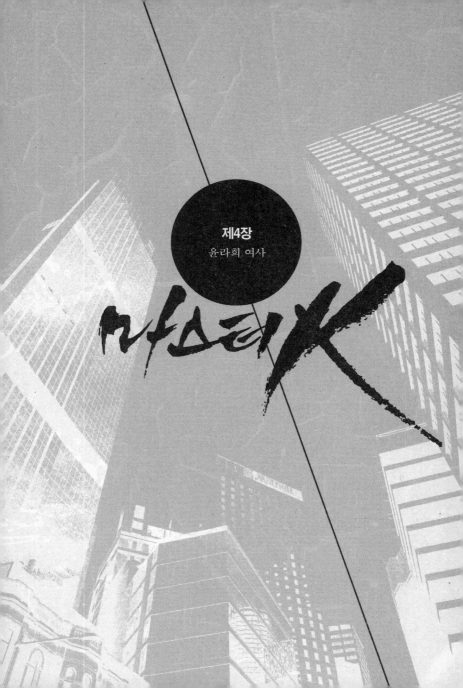

제4장
윤라희 여사

마스터 K

"아루루루루~ 까꿍~"

"아빠~ 아아아아빠~"

"아고고고~ 우리 왕자님~ 아빠 소리도 잘해요. 헤헤헤."

"아빠빠!"

덥석.

"공주님도 최고예요~ 우헤헤헤."

테라스 쪽으로 넓은 마당이 보이는 거실.

누운 채 어린아이들의 재롱에 입이 귀에 걸리도록 환하

게 웃는 한 남자.

한국 골프계에서 한때 미친개로 불렸을 만큼 앞을 장담하기 어려웠던 임혁필 선수다.

과거 고독했던 한 남자의 모습은 흔적도 찾아볼 수 없을 만큼 환한 웃음이 잘 어울리는 사람이 되어 있었다.

눈에 넣어도 아프지 않다는 자식에 대한 사랑.

이란성 쌍둥이를 한꺼번에 품에 안고 난 뒤 연습이나 시합이 있을 때를 제외하고는 하루 종일 집 밖에 나가지 않았다.

그토록 즐겨 마시던 술도 끊은 지 꽤 되었다.

가깝게 지내는 지인들이 많지는 않았지만 어쩌다 연락이 와도 애를 봐야 한다는 핑계로 아예 두문불출.

주변 사람에게는 가족 팔불출로 찍혀 있는 임혁필.

미친개에 이은 요즘 그를 부르는 별명이었다.

"여보, 연습장 갈 시간 아니에요?"

아이들의 재롱에 시간 가는 줄도 모르고 매트 위에 누워 넋을 놓고 있는 임혁필을 그의 아내가 채근했다.

말은 바가지를 긁는 듯했지만 그의 그런 모습을 바라보는 서영의 눈빛은 흐뭇하고 따뜻했다.

부모님을 잃고 한때 슬픔에 젖어 지내던 때는 지금의 서영의 삶과는 극과 극이었다.

임혁필 선수와 이룬 가정.

우여곡절도 많았지만 행복의 꿀맛을 느끼며 살고 있었다.

자칫 첫인상이 험상궂어 멀리하는 사람도 많았던 임혁필 선수였다.

하지만 서영에게는 차라리 그 모습이 더 우직해 보여 든든했다.

광릉 골프장 캐디 일을 할 때 동료들마저도 임혁필 선수를 놓고 말이 많았다.

겪어보지도 않고 언론 등에 보도되는 기삿거리로 사람을 판단하기 좋아하는 대부분의 사람들.

대놓고 욕을 하거나 싫다는 내색을 하지는 않았지만 뒤돌아서서는 모두 한목소리로 험담을 늘어놓았다.

그러나 서영이 직접 겪어본 임혁필 선수는 그렇게 사람들에게 욕을 먹을 만한 사람이 아니었다.

더러 머리 좋고 비열한 골프 선수들과 말싸움이 붙거나 흥분을 잘해 손해를 보는 일이 많아서 그렇지 본 성품은 나쁘지 않았다.

그리고 매일 열심이었다.

그 모습은 결혼을 한 지금 더욱 빛을 발하고 있었다.

새벽 일찍 집을 나서 연습을 하고 돌아오면 손수 아침을 짓고 찌개를 끓여 놓았다.

아이들을 씻기고 빨래를 거드는 일도 잊지 않았다.

좋은 아빠, 좋은 남편.

어느 하나 빠지지 않는 최고의 남자였다.

서영은 두 눈 가득 사랑이 가득한 눈빛으로 그런 임혁필을 바라보았다.

'행복해, 진짜.'

과거 삶의 의미를 그 어디에서도 찾기가 어려웠다.

좋은 대학에 합격했지만 딱 거기까지였다.

일찍 세상을 등진 엄마를 대신해 자신을 돌봐왔던 아버지.

운영하던 사업체가 기울면서 자리를 보존하고 눕게 되었고 곧 생활고에 시달리는 생활이 시작되었다.

좋은 대학 생활은 꿈의 세상처럼 자꾸 멀어지며 서영과 거리를 두었다.

먹고사는 일에 뛰어들어 편의점 알바, 과외, 마지막에는 학교를 휴학하고 골프장 캐디 일까지 하게 되었다.

아직은 어린 여대생이 헤쳐 나가기 힘든 세상.

외모가 나쁘지 않았던 서영에게 주접스럽게 접근했던 남자들도 많았다.

하지만 아버지의 병원비를 대기 위해서라도 수치를 참아

내야 했던 시간들.

팁을 빌미로 정도의 차이를 교묘히 피하며 음흉한 손을 뻗던 골퍼들의 행태.

그런 사람들 속에서 서영은 임혁필이 얼마나 좋은 사람인지 직접 보았다.

절대 일정 선을 넘기지 않는 고객들에 대한 신뢰.

그것이 서영이 캐디로서 살아남을 수 있는 기본을 만들어 주었다.

골프장 내에서 특별히 보너스를 챙겨줄 정도로 서영은 단골 골퍼들에게 인기가 좋았다.

그 틈에서 보석처럼 빛나던 임혁필.

캐디들에게서 뒷말이 가장 많이 나오는 사람이 임혁필이었다.

하지만 서영에게만은 그 소리가 전부 거짓으로 여겨졌었다.

또 그는 병실에 누워 있는 아버지를 많이 닮아 있었다.

겉모습은 늘 거칠고 무뚝뚝했지만 속은 너무 따뜻하고 여린 사람.

곁에서 지켜봐 주는 것으로도 세상에 자신의 이름값은 충분히 해낼 수 있는 남자로 보였다.

하지만 섣불리 다가갈 수 없었다.

언제나 골프장에 오면 게임만 하고 돌아갔다.

한창 이름표처럼 필드의 미친개 소리를 듣고 다닐 때는 캐디들도 붙지 않았다.

같이 욕을 먹을까 피했던 것이다.

그럴 때면 동반자도 없이 혼자 라운딩을 하고 돌아갔다.

그때마다 두둑한 팁을 내미는 고객들을 마다하고 임혁필 선수의 뒤를 묵묵히 따라 걸었다.

얼마간의 시간이 흐른 후에야 밥 한번 먹자는 공수표를 받게 되었다.

그 정도로 두 사람은 서로에 관해 아는 것도 궁금한 것도 없이 한 곳을 향해 걷는 시간이 자주 반복되었다.

그 아이가 나타나기 전까지.

행복한 일상이 반복될 때마다 문득문득 대책없이 떠오르는 소년.

"…민이는 잘 있겠죠?"

"강민? 잘 있을 거야."

가끔 뜬금없이 강민에 대한 궁금함을 말로 흘리는 서영.

그녀의 이런 행동이 한두 번이 아닌 듯 두 번도 생각하지 않고 잘 있을 거라 대답하는 임혁필.

"어떻게 알아요?"

"말했잖아. 당신은 민이를 몰라."

임혁필은 걱정이 많은 서영을 안심시키는 데 익숙해져 있었다.

"그 녀석은 말이야 시베리아에 가서도 아이스크림을 팔고 적도에 가서는 담요를 팔아먹을 놈이야."

"에이~ 당신은 참. 설마……."

"믿어! 정말 그 녀석은 잘살고 있을 거야. 하루 세 끼 고기반찬 끊이지 않고 잘 먹고 잘살고 있다에 내 전 재산 걸 수 있어."

"피이, 그리고 당신 재산이 어디 있어요~"

"그, 그런가? 내 명의가 아닌가? 하하하, 그럼 오늘 밤을… 걸까?"

말과 함께 게슴츠레한 눈빛으로 서영을 위아래로 훑는 임혁필.

쌍둥이를 출산한 후에도 흐트러지지 않는 몸매를 유지하고 있는 서영이었다.

"호호~ 하는 거 봐서요~"

"마님~ 무얼 도와드리면 될까요? 이 임 돌쇠 다 준비되었습니다. 분부만 내려주십시오!"

서영의 장난에 익숙한 듯 돌쇠 모드로 돌변하는 임혁필.

"아빠빠~ 도르쇠?"

"빠빠, 돌래~"

이제 막 말을 배우기 시작한 쌍둥이가 임혁필 옆으로 다가오며 더듬더듬 말을 따라 했다.

"하하하하."

"호호호호~"

어린 쌍둥이의 부정확한 발음에 두 사람은 웃음을 터뜨렸다.

3년 전 간첩과 조직폭력배들 사건 이후 두 사람은 의심할 여지없이 서로의 마음을 하나로 합쳤다.

이후 결혼과 동시에 한국 골프계에서 이름을 날리기 시작한 임혁필.

지금도 서영의 내조에 힘입어 손가락 안에 드는 랭킹 순위를 유지하고 있다.

나이 들어서 인연을 만난 만큼 임혁필은 가족의 소중함을 다시 한 번 느끼고 있었다.

"언제든 민이가 오면 밥 한 끼 제대로 해 먹여야겠어요."

"응, 그래야지. 그 녀석이 아니었으면 당신과 나, 우리 아이들이 없었을 테니까……."

어떤 누구도 부럽지 않은 네 사람의 공간.

부유하다고까지는 말할 수 없지만 너무나 행복한 가정을 꾸리고 있었다.

자랑할 거리는 없었지만 평범함 속에 특별함이 있다는

것을 너무 잘 알고 있는 두 사람.

곧 그런 날이 오기를 기대했다.

이렇게 아름다운 연인과 사랑스러운 두 아이를 얻게 해준 그 녀석을 만날 수 있기를.

그리고 그 공로자에게 감사의 따스한 밥 한 끼를 먹일 수 있는 그날을.

빵빵.

부우우우웅.

잠깐 정체 구간에 들어서자 울리는 경적 소리.

그리고 갈 길 바쁜 사람들의 마음 속 불만의 소리를 대변하는 듯한 자동차들의 배기음.

묘한 하모니를 이루며 대로를 가득 채웠다.

'캬아~ 다시 돌아왔네! 나의 강남이여!'

영동고속도로를 타고 수원에서 경부고속도로로 접어들었다.

얼마를 달려 들어온 강남 입성.

이미 매캐하게 먼지들이 가득한 공기가 폐부 깊숙이 파고들었다.

설악산의 맑은 공기와는 비교할 바가 못 되었지만 좋았다.

이 정도 오염된 공기쯤 마셔주는 게 또 내 건강에도 면역력을 길러주어 좋을 테니까.

순수한 산소 천 년 치 정도는 축적해 놓았다고 해도 과언이 아닐 나의 몸 상태.

팔딱팔딱 폐부와 각종 장기들이 그냥 좋아했다.

차라리 들이마신 공기가 다시 내뱉을 때 더 맑아진다고 해도 틀린 말이 아니었다.

"괜찮겠어?"

"뭐가?"

"불편하면… 다음에 다시 와도 괜찮아."

집에서 갑자기 나를 초대한 것에 대한 부담감으로 안절부절 못하고 있는 예린이.

"다음은 무슨~ 어른이 부를 때는 하던 일도 멈추고 달려가야 하는 거야."

"……."

"너 알잖아. 나 예의로 온몸이 코팅된 모범 청년이잖아~"

한 번도 직접 얼굴을 뵌 적이 없는 예린이의 어머니.

대한민국 재계 서열 1위 기업의 안주인이 직접 초대했다.

그것도 저녁 식사에.

왜 거절을 하겠는가.

거의 즉흥적으로 초대가 이루어지고 응한 상황이지만 걱정될 만한 것은 아무것도 없었다.

이미 앞서 예린이의 아버지를 만난 적이 있는 나로서는 편한 친구 집을 방문하는 그 이상의 상황이 아니었다.

막말로 나를 사윗감으로 보자고 하는 것도 아니고 부담을 가질 이유가 하나도 없지 않은가.

그런 자리를 피한다는 것 자체가 더 이상한 일일 것이다.

"아빠도 오실지 몰라……."

"그래? 그럼 더 좋지. 인사도 드리고 싶었는데."

"하아."

거리낌없는 내 말투에 한숨을 내쉬는 예린의 모습.

차라리 예린이가 초대를 받은 사람처럼 초조해하고 있었다.

"왜 그래? 내가 너희 집에 가는 게 불편해?"

"아, 아니야."

"그런데 표정이 왜 그래. 친구 어머니가 저녁 식사에 초대했는데 그게 그렇게 부담을 가질 만한 건 아니잖아."

"…그야 그렇지. 그런데 우리 엄마가……."

무슨 말인가를 더 하려다 다 잇지 못하고 답답하다는 표정을 짓는 예린이.

'구미호는 아닐 거 아니야~'

양 도사의 말로는 과거 설악산에도 사람으로 탈을 바꿔 쓴 구미호가 있었다고 한다.

하지만 구미호라 하더라도 사람을 해롭게 하는 존재는 아니었다고 했다.

심심할 때 가끔 한 번씩 사람의 탈을 쓰긴 하지만 오랜 세월을 거듭해 오는 동안 나름 도를 닦아 깨어 있는 존재들 이라고.

인간의 간을 빼 먹는다는 것도 다 옛이야기.

현대인은 알코올에 담배에 모든 온갖 유해한 것들을 접해 깨끗한 간을 갖고 있는 사람이 적다 보니 언제부턴가 인간은 쳐다보지도 않는다 했다.

차라리 맛 좋은 술이나 달달한 사탕을 더 좋아하는 것으로 식성까지 바뀌었다는 그 구미호.

어린아이처럼 인간들을 놀리고 골탕 먹이는 재주를 부리지만 요즘 세상에는 사라져 버리고 찾아볼 수가 없다고 했다.

여우도 많이 없는 세상인 데다 인간들이 하도 이산저산 들쑤시고 다녀 아예 긴 잠에 빠졌다는 것이다.

양 도사는 알고 있다던 구미호의 은신처.

승천하지 않고 세상에 머물러 있는 잠룡들만큼이나 그 은신처를 발견하기란 쉽지 않다고 했다.

가끔 양 도사를 통해 듣는 얘기들은 거의가 전설의 고향급으로 도통 신빙성이 떨어지는 것들이었지만 재미있었다.

눈으로 직접 봐야 믿을 만한 거짓부렁 같은 양 도사의 세상에는 알려져 있지 않은 이야기들.

이런 얘기를 어디 가서 말한다면 아마 정신병원 직행하기 딱 좋을 것이다.

"어, 언니도 있을 수 있어."

"언니?"

"오빠도……."

'얼씨구? 오빠까지?'

가족들 모두를 언급하는 예린이.

형제들이 이렇게 많은 다복한 가정인 줄은 미처 몰랐다.

뭐가 그렇게 심각한 건지 부담이 되긴 되는 모양인데 그 이유를 짐작하기가 어려웠다.

"설마 네 친구 한 명 초대하시는 자리인데 가족들이 다 모일라고?"

"엄마니까… 가능해."

"엥?"

"넌 우리 엄마 몰라. 아빠도… 엄마 앞에서는 가끔 무릎 꿇어!"

"허억!"

양 도사가 떠벌이던 얘기들과 거의 동급의 비밀이 누설되고 있었다.

세상을 쩌렁쩌렁 울리는 오성그룹의 회장님이 안주인 앞
에서 무릎을 꿇는다?

과연 사실일까.

마음만 먹는다면 전 세계 최고 미녀들을 모두 초청해 파
티를 열 수도 있는 재력가.

그런 유 회장님이 예린이의 엄마 앞에서 무릎을 꿇는다
는 말은 쉽게 믿어지지 않았다.

"왜……?"

"그거 있잖아. 사업상 술 마시고 새벽에 들어올 때 말이
야."

"겨우 그런 걸로?"

"겨우 그런 거라니… 술 마시고 들어오시면 꼭 엄마에게
밥 차려 달라고 하신단 말이야. 하다못해 라면이라도 드셔
야 주무시거든."

"저, 정말?"

보유 재산만 하더라도 몇 조원이 넘을 유병철 회장.

그런 분도 해장을 라면으로 한다는 사실.

'사람 사는 건 다 똑같구나.'

하늘에 닿을 만큼 부자면 뭐하고 권력을 가졌으면 뭐하
겠는가.

하루 세 끼 밥 먹고 화장실 가고 처자식 있는 집에서 잠

자는 것은 다 같았다.

"오빠하고 언니도 꼼짝 못해. 우리 엄마가 집에서는… 왕이야."

옛말에 틀린 게 하나 없었다.

대 오성그룹의 진정한 실세가 누구인지 밝혀진 순간.

꿀꺽.

예린이 말을 듣고 나니 그제야 왜 그렇게 예린이가 안절부절못했는지 이해가 되었다.

나 역시 긴장이 되었다.

그런 대단한 여사님께서 나를 식사에 초대한 것이다.

과연 그 이유가 무엇일까.

'도대체 왜?'

예린이와 관계가 있는 사람이기 때문인 것은 확실하지만 그런 이유라면 집에까지 초대할 단계는 아니었다.

더구나 나는 내세울 게 전무한 상태.

다니던 고등학교마저 퇴학 처리된 처지였다.

"저기가 우리 집이야."

잠시 할 말을 잃은 사이 예린이의 스포츠카가 멈춰 섰다.

나도 아는 삼성동이라는 동네.

'우와! 역시!'

그리고 예린이의 시선이 닿아 있는 곳을 쳐다보았다.

더 이상 다른 할 말이 없는 상황.

엄청 컸다.

아니, 어느 정도인지 가늠하기가 힘든 외관이었다.

텔레비전에서 가끔 내비치던 재벌들의 저택 그대로였다.

일단 떡하니 버티고 서 있는 담장부터가 압도적이었다.

그들만의 성도 아니고 높이가 무려 5미터에 육박해 보였
다.

그리고 곳곳에 각종 CCTV가 열 지어 서 있었다.

그뿐만이 아니었다.

담장 위에는 방범 철조망이 쭉 둘러쳐져 있어서 웬만한
간 큰 도둑이 아니고서는 오줌을 지릴 정도였다.

'도대체 집이야 성이야?'

서민들은 일평생 쓰지 않고 일을 해서 번다고 해도 이런
집에서 살아보는 일은 불가능해 보였다.

게다가 이곳은 강남에서도 부자들만 사는 갑부들의 거주
지역.

평수만도 어마어마한 대저택들이 주변으로도 무수히 많
았다.

대한민국에서도 최고 부자라는 말은 그냥 듣는 게 아니
었다.

'예린이가……'

그간 봐왔던 예린이를 한 번 돌아보았다.

평소와 달라 보였다.

저택 앞에 와서야 오성그룹의 막내딸인 게 실감이 나는 듯했다.

이렇게 큰 저택에 사는 공주님이 뭐가 아쉬워서 나를 친구 이상으로 좋아하는 건지 신기할 따름이다.

끼익.

예린이의 스포츠카가 크기도 육중한 문 앞에 섰다.

기이이이잉.

차가 멈추자 센서가 있는지 자동으로 대문 옆의 주차 셔터가 올라갔다.

타다닥.

주차 셔터가 다 올라가기도 전이었다.

거의 동시에 두 명의 검은 선글라스를 착용한 장정 두 명이 튀어나왔다.

'꼭 선글라스를 써야 맛인가?'

"아가씨 오셨습니까."

딸깍.

보디가드인 듯 스포츠카로 다가와 예린이 쪽 문까지 열어주며 인사를 했다.

"고마워요."

열어준 차문으로 자연스럽게 나가는 오성그룹의 공주님.

딸깍.

"내리십시오."

나머지 한 명의 남자가 내 쪽 문도 열어주었다.

약간 어색하긴 했지만 나의 출현을 이미 알고 마중을 나온 것 같았다.

"고맙습니다."

처음 받아보는 도어 서비스.

예린이와 동반한다는 게 이런 부유층의 삶을 일부 경험할 수 있게 되는 것 같았다.

지이잉.

철컹.

묵직한 청동색의 거대한 대문 한쪽이 열렸다.

"들어와."

나보다 더 긴장한 듯한 표정의 예린이.

표정을 감추지 못한 채 뒤돌아보며 들어갈 것을 권했다.

"나 괜찮아?"

막상 대문을 들어서려니 이대로 방문해도 괜찮은지 신경이 쓰였다.

"그럼~ 세상에서 제일 멋있어~"

휴게소 떨이 매장에서 구입한 SDX 사의 골프 웨어.

1, 2년씩 지난 이월제품이지만 워낙 옷걸이가 좋다 보니 전혀 이월상품 같아 보이지 않았다.

아이보리색 운동화와 연회색 바지를 받쳐 입는 센스.

골프 웨어 맞춤에서 따듯한 봄 날씨에 맞게 가벼운 블루 계열의 셔츠에 붉은 윈드 재킷.

내가 봐도 꽤 괜찮은 스타일이다.

물론 예린이는 SDX 사가 시장표와 별반 다를 게 없는 것처럼 보이긴 했다.

브랜드를 모른다는 소리다.

서민층에서는 살짝 부담스러울 만한 중급 이상의 브랜드임에도 예린이는 처음 보는 듯했다.

'그래! 유예린 그 표정이야.'

씨익.

긴장이 풀렸는지 나를 향해 환하게 웃어 보이는 예린이.

"들어갈까?"

나 역시 긴장도 풀 겸 예린이를 향해 환하게 웃어 보였다.

"응~"

방금 전까지 예린이는 자신의 집으로 귀가하는 사람답지 않았다.

마치 도살장에 고깃덩어리를 보시하러 끌려 들어가는 소 같았다.

그랬던 예린이의 기운이 다시 회복되는 게 느껴졌다.

'자! 한번 구경해 볼까~ 오성그룹 대저택이라~'

기가 죽을 필요는 없었다.

언젠가 나도 이런 집에서 살 수 있을 것이다.

이보다 더하기는 어렵겠지만 이 정도 평수의 대저택에서 나도 한번 살아볼 테니까 말이다.

세계적 골프 스타 강민.

충분히 가능할 것이다.

'진짜 강심장이야.'

집을 찾아왔던 대부분의 방문객들은 기본적으로 긴장하게 돼 있었다.

하다못해 가까운 친척 분들도 함부로 드나들 수 없는 곳이 이곳 예린이네 집.

오성그룹이라고 하면 사람들은 듣자마자 일단 주눅이 들었다.

아주 어릴 때부터 보아왔던 집을 드나들 때 사람들의 긴장한 모습들.

어린아이의 눈에도 편해 보이지 않던 그 사람들의 방문이 좋아 보이지 않았었다.

철이 들면서부터 작든 크든 웬만해서는 모임에 참석하지

않게 되었다.

대한민국 사람들이라면 다 아는 부모님의 신분.

그리고 오빠와 언니와는 달리 예린이는 감춰져 있는 비밀스런 존재이기도 했다.

오성그룹 회장의 권한으로 회사 차원에서 예린이에 관한 일체 정보를 관리했던 것이다.

오성그룹 눈 밖에 나고 싶어 하는 언론이 없는 대한민국.

그렇다 보니 예린이에 대한 정보를 캐기 위해 애쓰는 언론도 없었다.

"와우~ 완전 꽃밭이네."

열린 대문을 비켜 당당하게 집 안으로 걸음을 옮기는 강민.

가까운 친인척 집을 방문하는 듯한 사람처럼 편해 보였다.

'정말 멋있어.'

못 본 사이에 더 멋있어진 강민.

그의 뒷모습은 그 어떤 사람의 모습보다 듬직하고 멋져 보였다.

고작 고속도로 휴게소 귀퉁이에 있던 이름도 모르는 매장에서 사 입은 옷이지만 맵시가 달랐다.

청담동의 유명 디자이너가 이제 막 뽑아낸 스타일의 옷을 입은 뭇 모델의 모습도 이렇게 멋지게 옷을 소화할 수는 없을 것이다.

휴게소 매장의 여직원도 강민의 옷을 고르는 동안 내내 황홀한 눈빛으로 시선을 떼지 못했었다.

설악산 집에서 나올 때 걸쳤던 낡은 반바지를 벗어던지고 화사하게 옷을 갈아입은 강민.

더 근사하게 성장한 성인 남자의 모습이다.

모델이 따로 없었다.

분명 3년 만에 본 예린이의 눈에 이렇게 보일 정도라면 그 어떤 여심도 흔들리기는 마찬가지일 것이다.

더 커진 키에 단단한 근육질의 몸은 전문 트레이너 못지 않은 포스를 풍기고 있다.

"연못까지 있네?"

타다닥.

마치 물 만난 물고기처럼 정원을 둘러보던 강민.

넓은 저택 이곳저곳을 훑어보더니 아버지가 특별히 관심을 두고 키우는 비단 잉어가 사는 연못 쪽으로 다가갔다.

할아버지 때부터 키워왔다는 대형 비단 잉어들이 유유히 물빛을 유영하고 있었다.

잘생기고 반듯한 비단 잉어를 집 안에 키우면 집안의 부가 늘어난다는 할아버지의 지론 덕에 특별대우를 받는 녀석들 중 하나였다.

"역시 부자가 되는 집안은 따로 있다니까. 금의 기운이

강한 지기를 살리는 수의 기운을 끌어 들이는 연못, 그리고
거기에 나무까지 심어 목의 기운까지 살리니. 이런 복을 부
르는 생명들도 잘 자라는 것이지."

"……??"

연못을 내려다보던 강민의 뜬금없는 말.

마치 명동 한복판에 돗자리를 펴고 지나가는 사람들의
뒤에 던지는 도사 같았다.

"예린아~ 부럽다."

연못 바로 옆에 자리를 잡고 선 오래된 고송 가지를 만지
작거리며 강민이 말했다.

역시 아버지가 좋아하시는 소나무였다.

평소에도 아버지가 정원에 나오면 꼭 한 번은 연못에 와 잉
어들을 보시고 고송에 손을 얹고 잠시 생각에 잠기곤 하셨다.

마치 아버지를 따라하듯이 강민의 모습은 아버지의 평소
모습과 꼭 닮았다.

"뭘~ 들어가. 엄마가 기다리시겠어."

"어, 그래. 들어가야지."

하지만 누구나 좋은 것은 알아볼 수도 있는 일.

예린이는 대수롭지 않은 듯 활짝 웃으며 강민을 집 안으
로 안내했다.

약 이천 평 정도는 되는 부지.

전국 곳곳에 하나씩 마련돼 있는 별장 터보다는 작았지만 강남 일대에서는 그래도 손에 꼽히는 넓은 터였다.

어린 시절부터 예린이는 이 집을 참 좋아했다.

지금은 돌아가신 할아버지.

살아계셨을 때는 자주 예린이를 품에 안고 옛이야기를 들려주셨던 정원 한쪽에 자리한 정자.

정원 이곳저곳이 예린이의 추억이 서린 곳이었다.

할아버지의 품에 안겨 한과 한 개를 입에 넣고 옛 이야기를 듣는 호사는 예린이만이 누리는 특권이었다.

아버지를 비롯해 집안 그 누구도 생전 할아버지 곁에서는 숨소리도 크게 내지 못했다.

지금은 집안의 왕으로 군림하고 있는 엄마도 두려워했던 할아버지.

오직 예린이에게만 한없이 인자했던 분이었다.

'민아, 네가 원한다면… 너에게 줄게.'

예린이는 정원에 시선을 둔 채 잠시 돌아서 있는 강민의 모습을 바라보았다.

다른 건 몰라도 이 대저택은 이미 할아버지가 돌아가시기 전 묵시적으로 예린이에게 상속을 해놓은 상태였다.

어떤 사람이 예린이와 인연이 될지는 모르지만 예린이가 결혼을 하는 그 순간 이 대저택의 주인은 바뀌는 것이다.

그 상대가 원한다면 그 순간은 오늘이 될 수도 있었다.

 '주택 단지에도 이런 터가 있다니……'
 최근 들어 부쩍 예민해지고 날로 개발되고 있는 감각 중
하나가 땅의 기운을 알아채는 것이다.
 놀랍게도 이 대저택도 설악산의 명당터만큼이나 좋았다.
 강남의 다른 지역과 달리 주변에는 하늘 높이 치솟은 건
물도 없었다.
 마치 그들만의 세계처럼 조용하고 아늑하게 형성된 주택
가.
 꿈틀거리는 땅의 지기가 느껴졌다.
 '복 받을 사람들은 알아서들 좋은 터에 들어가 살게 된다
더니… 사실이었어.'
 양 도사의 지론에 비추어 볼 때 아무나 이런 지기를 품은
터에서 살 수 없었다.
 그 이유는 명당터는 지기가 그 자리에서 살 사람을 고른
다는 것이다.
 물론 내가 직접 확인한 바는 없었다.
 이 역시 양 도사가 가르쳐준 풍수지리 공부를 하던 중 하
나 주워들은 것에 불과하다.
 그것도 체계적인 교육도 아니고 물고기 밑밥 주는 간간

이 던져주며 알려준 학습에 듣게 된 내용이다.

그러나 내가 누구인가.

하나를 가르쳐 주면 열을 깨닫는 난 놈이 아닌가.

지난 3년은 나의 고교 시절을 저당 잡히고 얻은 또 다른 수확의 기간이기도 했다.

터가 사람을 고르듯 나 역시 대가를 치르고 얻은 결실은 분명히 있었다.

허락된 이들에게는 평안의 기운을 북돋워 주는 터가 되지만 그렇지 않은 이들에게는 재앙의 시작일 수 있는 터.

'음양오행의 조화를 이뤘다. 지기가 넉넉한 터와 그리고 그곳을 채우고 있는 나무, 연못, 열린 하늘… 양질의 흙…….'

갖출 것을 다 갖춘 터는 사막에서 오아시스를 만나는 것만큼이나 어려웠다.

'사람의 손길이 가득하다…….'

아무리 둘러봐도 어느 한 곳 사람의 손이 닿지 않은 곳이 없었다.

그것은 집안의 안주인의 손길이 집안 곳곳에 미친다는 소리가 된다.

고로 예린이의 어머니가 집안을 다스리는 여장부라는 말이 되겠다.

지금 텔레비전에서나 봤던 대저택에 내 발로 걸어 들어

와 서 있었다.

푸른 잔디가 정원을 가득 메웠다.

마치 고송들이 어루러져 숲을 이룬 작은, 티비에서나 보았던 대저택의 푸른 잔디 밭.

고송들이 어우러져 숲속에 있는 착각이 들 정도다.

크고 작은 바위들을 보기 좋게 자리 잡아 작은 꽃들을 채워 여기저기 화려한 봄꽃들이 앞다투어 피고 있었다.

섬세한 주인의 정성이 엿보였다.

이런 대지에 이렇게 큰 저택을 짓고 사는 일은 아무나 할 수 있는 것이 아니라 했다.

집안을 온전하게 다스리고 이끌 수 있는 능력을 갖은 사람만이 이런 터의 안주인 역할을 할 수 있는 자격이 있다는 것이다.

"왔으면 들어와야지. 뭣들 하고 있어~"

"어, 엄마⋯⋯."

'엄마!'

연못가에 서서 보기 좋은 고송들을 감상하고 있을 때 현관문이 열리며 한 사람이 모습을 보였다.

연못과 현관과의 거리만도 약 30미터는 족히 떨어져 있었다.

한눈에 들어오는 대저택은 이층집으로 단단한 화강암을

마감재로 축조되어 웅장해 보이기까지 했다.

넓고 시원하게 열린 창들과 테라스는 바라보는 나의 가슴까지 시원하게 해주었다.

"어서들 들어와야지~"

예린이가 엄마라고 부르는, 그러니까 대한민국 재계 1위 오성그룹의 안주인이다.

'윤라희… 여사.'

파바밧.

분명 연못과 현관 사이에는 가깝지 않은 거리가 있었지만 정확하게 나를 쳐다보고 있었다.

일순간 제대로 스캔을 당한 듯한 기분.

생각보다 크지 않은 키에 연한 그레이 톤의 원피스 차림이었다.

어깨와 목에 둘러진 검은색 숄을 앞으로 모아 팔짱을 낀 채 서 있는 윤라희 여사.

'엄청 세… 다.'

윤 여사님의 첫인상은 나에게 이거였다.

분명 크지 않은 체구임에는 분명하지만 센 여인.

오성그룹의 안주인이 30미터 전방에서 풍기고 있는 묵직한 포스가 느껴졌다.

제5장
수상한 모녀

마스터 K

mfaelK

"아직도 그 새끼 소식은 없는 건가?"

"그림자도 보이지 않습니다."

"장씨 패밀리들과의 접촉도 없어?"

"예, 전혀 없는 것으로 알고 있습니다."

"흐음……."

강남대로 사거리의 터주처럼 우뚝 서 있는 세훈 빌딩.

오늘도 사장실에서는 김대철 사장이 아랫사람들을 닦달하고 있었다.

작은 키에 몸집은 더 불어 배가 더 튀어나와 보이는 김대철 사장.

주기적으로 성질을 다스리지 못하고 뒤집어져 3년 전 종적을 감춘 강민에 대한 정보를 수집하는 데 혈안이 되었다.

'내 반드시 찾아내 찢어죽이고 말 것이야.'

하루도 빠지지 않고 이를 갈았다.

그 시간이 3년을 채우고 있었다.

김대철 인생에 있어 가장 치욕스러움을 안겨주었던 대가리에 피도 마르지 않았던 녀석.

그 새끼의 만행으로 인해 일평생 이룬 재물이 무려 20억이 넘게 새어 나갔다.

김대철 사장에게는 피와 살이고 인생의 전부였던 돈이었다.

반병신이 된 아들놈을 치료하기 위해 사기꾼 도사 두 영감에게 바친 돈만도 십몇 억.

언론에 새어 나간 아들놈과 관련한 사건을 무마시키기 위해 갓 퇴임한 검사장급 변호사와 법원장급 변호사를 샀다.

그나마 그 정도 진화에 나섰기 때문에 한바탕 시끌시끌했던 여론이 잠잠해지고 집행유예 3년으로 마무리되었다.

아들놈이 병원 신세를 지게 된 기록이 더해져 판사의 판결 방망이를 가볍게 할 수 있었다.

그 모든 것이 돈의 힘.

아들놈에게 들어간 돈까지 억울하게 생각하는 것은 아니었다.

그렇게라도 돈을 쳐 발라 몸이 치료되었으니 그나마 천만다행한 일이라 여겼다.

지금은 수도권 대학에 당당히 입학했다.

속내야 그 누가 알겠는가.

녀석의 실력이란 것이 검정고시를 칠 정도의 실력은 되지 않았기에 학교를 전학시켜 겨우 졸업장을 받았다.

누가 봐도 당당히 수도권 대학에 입학한 것으로 되어 있었지만 사실 대리 시험자를 사서 시험을 치르게 했을 정도로 공부에는 취미가 없는 녀석.

입학만 해두면 졸업은 걱정이 되지 않았다.

이미 3류 대학 취급을 받더라도 인 서울 대학교에 입학한 것만으로도 소정의 목적은 달성한 셈이다.

몇몇 교수들을 회유하고 먹히지 않으면 약간의 협박만 가해도 아무 문제 없이 대학 생활은 보장받을 수 있다.

그리고 아들놈이 현재까지는 나름 잘살고 있다.

좋게 생각하면 그때 그 경험이 녀석을 약간은 철들게 한 것이라 여겼다.

과거처럼 어리숙하게 아무 생각 없이 행동하지는 않았으니까 말이다.

아들 김민석이 자신을 가장 많이 닮았다는 사실을 김대철은 누구보다 잘 알고 있었다.

집요하고 잔인한 구석이 있다는 것 자체가 김민석이 김대철의 아들임을 증명하고 있는 셈.

그런 판박이 아들이 김대철 사장이 일평생 누려보지 못한 대학 생활이란 것을 원없이 누리고 있었다.

대학생이 된 만큼 독립심도 기르고 생활력도 기를 겸 큼지막한 오피스텔을 얻어주었다.

물론 구색은 갖춰야 김대철 사장 아들다울 테니 최고급 스포츠카도 안겨 주었다.

물 만난 물고기처럼 매일 클럽에 나가 계집질을 하고 술이 떡이 되도록 마셔 대며 불장난을 저질렀지만 묵인했다.

차라리 김대철 사장은 적극적으로 환영하는 바였다.

남자가 남자로 태어나서 세상 간지 나게 살아봐야 한다는 주의의 김대철 사장.

본인은 부모를 잘못 만나 세상 사는 혜택을 누려보지 못했지만 자식들만큼 돈질을 하며 살게 해주고 싶었다.

가득이나 김대철 사장의 뒤를 이어 대업을 물려받으려면 세상의 쾌락들을 모두 경험해 봐야 나중에 더욱 좋았다.

어두운 세계의 바닥에서 먹고살기 위해서는 그 어둠이 철저하게 젖어들어야 그나마 마음 편하게 살 수 있는 법.

색깔을 같이해야 섣불리 사람을 무시하지 못하는 법.

녀석은 아직 알지 못하지만 작은 바도 하나 녀석의 이름으로 이미 이전을 해놓았다.

그곳은 과거부터 아들놈과 어울리던 녀석들 중에서 똘마니로 부릴 놈들을 붙여놓은 상황.

지금처럼 김대철 사장을 흐뭇하게 만족시키며 성장하게 될 아들 김민석.

그러나 이렇게 순탄대로를 달리는 듯한 계획 속에서도 오늘처럼 가끔씩 발작 증세를 보였다.

퍼뜩퍼뜩 떠오르는 강민이란 놈에게 당했던 치욕과 서러움에 몸서리치는 아들놈의 모습을 볼 때다.

김민석의 발작 증세가 있는 날이면 김대철 사장 역시 사무실에 와서 난리굿을 해야 하루가 시작되었다.

그 무엇보다 김대철을 미치게 만드는 것은 돈.

자신의 돈을 두 눈 뜨고 허공에 뿌리게 만든 원수 같은 놈이 바로 강민이었다.

그러니 그냥 둘 수 없는 일.

하루하루를 벼르며 장기남의 집을 감시한 지 3년이다.

직접 애들을 붙였다.

청부업자 정 사장의 신신당부가 있었다.

강민의 머리카락이라도 보게 되는 즉시 바로 연락을 해

달라고 말이다.

녀석을 잡기 위해 진짜 고수가 준비되어 있다고 했다.

'그 사기꾼 도사의 제자라 이거지. 이 새끼들이 짜고 나를 물 먹여! 천하의 김대철을!!'

아무리 자나 깨나 생각해도 화가 머리끝까지 치밀어 올랐다.

그렇지 않아도 요즘 혈압이 높아 몸을 사려야 하건만 이런 날이면 도저히 참을 수가 없었다.

치료 잔금까지 다 치르고 나서야 알게 된 강민과 사기꾼 도사의 정체.

그리고 각종 언론을 떠들썩하게 만들었던 인천 달수파 깡패 간첩 사건.

강민이라는 놈과 하늘을 나는 신선 도사 놈이 작정하고 자신을 등쳐 먹은 게 분명했다.

"한눈팔지 말고 계속 관찰하라고 해! 그놈은 반드시 다시 나타난다, 반드시."

3년이란 시간을 묵묵히 기다렸다.

때가 가까워오고 있음을 김대철은 느끼고 있었다.

조만간 그놈을 만나게 될 것 같은 예감.

강민 같은 녀석들의 공통점은 정에 약한 법.

장씨 패밀리 앞에 모습을 보이는 날이 그놈의 제삿날이

될 것이었다.

"넵!"

'흐흐, 나타나기만 해라! 이번에는 절대 놓치지 않을 것이야.'

김대철이 아니어도 강민의 목숨을 노리는 자들은 많았다.

그들과 대놓고 손을 잡지는 않았지만 곧 소문은 퍼질 것이고 바로 조직들에게 연통을 넣으면 끝이었다.

강민 한 녀석으로 인해 손해를 본 사람은 김대철만이 아니었다.

인천 달수파도 그중 한 곳.

그들이 본 손해를 따지면 김대철의 20억이 흘러나간 것과 비교도 되지 않았다.

조직의 붕괴 위기까지 갔었던 인천 달수파.

그동안 쌓아놓았던 인맥과 자금을 몰아넣고 희생양 몇을 골라 처넣고 겨우 위기를 모면했다.

이후 잠시 동안 몸을 사리는 기간을 거쳐 특유의 무식한 짓거리들로 다시 재건을 이루었다.

당시 간첩 사건이 커져서 다른 조직이 달수파를 치지 못하고 몸을 사려 위기를 모면한 셈이었다.

그렇지 않았다면 조직들 간의 전쟁은 불가피했을 정도.

여러모로 조직들의 제거 대상이 돼 있는 강민.

그중에서도 달수파는 강민의 산목숨을 노리고 있었다.

물론 자존심께나 상한 다산파와 강동 조직들도 강민을 기다리기는 매한가지인 상황.

먼저 찾는 사람이 임자였다.

감히 어떤 누구도 대놓고 김대철을 강민처럼 물 먹인 자는 없었다.

조직들은 또 어떠한가.

자신들이 남한테 가한 해악은 금방 잊어버리지만 손톱만큼이라도 당한 게 있을 때는 180도 돌변하는 자들이다.

아마 뼛속까지 발라내기 위해 벼르고 있을 것이 뻔했다.

어둠의 세계에서도 공식적인 사업을 꾸렸던 사채업자 김대철의 신분.

그와 동급에 가까운 조직폭력배들.

'나타나기만 해라. 내 직접 포를 떠줄 테니까 말이다. 흐흐흐흐.'

웬만해서는 직접 손에 피를 묻히는 일을 삼가는 김대철.

이번처럼 직접 나섰던 적은 손에 꼽았다.

이미 3년 전부터 단 하루를 위해 새파랗게 날이 선 사시미 한 자루를 마련해 두었다.

손수 원한을 풀기 위해 그간 잡지 않았던 연장을 직접 잡을 생각이다.

"안녕하십니까! 어머님!"

온 집 안을 쩌렁쩌렁 울릴 만큼 큰 소리로 인사를 하는 강민이라는 녀석.

언제나 조용한 대저택에 울리는 걸걸한 사내 음성.

'어머니?'

윤라희 여사는 3년 전 강민이란 아이에 관해 남편에게 살짝 들은 얘기가 떠올랐다.

그의 말대로 나이는 어린데 넉살은 좋아 보였다.

당시에는 지금보다 세 살 더 어렸으니 강민이란 청년의 배포가 어느 정도인지는 짐작이 되었다.

오성그룹 회장 앞에서도 기죽지 않고 조건을 걸었다고 했으니까 말이다.

어리기 때문에 그때는 더 무식하고 용감했을 거라고 생각했지만 오늘 이렇게 보니 그때 그의 말이 틀리지 않았다는 걸 느꼈다.

"호호, 어서 와요."

올해 나이 쉰다섯.

의료과학의 발전과 재력으로 실제는 쉰다섯임에도 사십 대 초중반의 미모를 유지하고 있었다.

어중간한 길이의 머리카락은 세련된 웨이브 파마를 해 어깨 위에 걸친 숄 위에서 살짝살짝 스치며 찰랑거렸다.

키는 그렇게 크지 않았지만 젊은 시절 이화여대 메이퀸 자리를 차지했을 만큼 그 흔적은 여전히 남아 있었다.

정략결혼 때문에 졸업과 동시에 유씨 집안사람이 됐지만 수년이 흘러도 자신을 관리하는 데 게으르지 않은 윤라희 여사다.

세상 사람들이 다 존경하고 두려워 마지않는 유병철 회장도 윤라희 여사 앞에서는 귀여운 한 남자일 뿐이었다.

마음공부와 몸매 관리에까지 긴장을 늦추지 않고 살아온 세월이 지금의 윤라희 여사를 있게 했다.

국내외에서 인정하는 오성그룹의 회장 유병철 회장을 지금까지 뒷받침해 온 실세 인물이었다.

밖에서 인정받는 유 회장이 모든 것을 상의할 정도로 미모와 지혜를 겸비한 대표 여성인 것이다.

재력과 어느 정도의 권력을 함께 가진 유병철 회장이 단 한 번의 스캔들도 만들지 않고 지금까지 존경받는 경제인으로 남아 있는 이유도 다 여기에 있었다.

윤라희 여사의 매력적인 모습 자체.

아무리 젊은 여성들의 싱그러운 모습이 눈길을 끌어도 윤라희 여사의 기품 넘치는 매력을 따라잡을 수 없었던 것이다.

그런 윤라희 여사의 눈에 보이는 강민.

'보통이 아니야.'

3년 전 유병철 회장이 했던 말을 윤라희 여사는 분명하게 기억하고 있었다.

예린이와 함께 강민이라는 학생을 만나고 온 날 밤, 잠자리에 들며 녀석이 탐이 난다고 했다.

아직은 어리지만 어린 녀석답지 않게 정신이 제대로 박혀 있다며 칭찬을 아끼지 않았었다.

그때 예린이를 보는 유병철 회장의 눈이 확고해지는 계기가 됐다.

예린이가 사람 보는 눈이 있다면서 확신에 차 껄껄 기분 좋게 웃었던 유 회장.

그때는 유병철 회장의 말을 크게 염두에 두지 않고 흘렸었다.

한국 고등학교 학생이라면 기본적으로 인재들이 많이 모이는 학교이니 그럴 수도 있다고 생각한 것이다.

어느 정도 매력이 있는 것도 젊음이 주는 에너지의 영향일 거라고 생각했다.

그런 젊은 패기에 유 회장이 빠질 수도 있다고 여긴 것이다.

얼마 후 예린이의 변화에 살짝 신경이 쓰여 뒤로 알아봤
지만 머리가 뛰어난 것 빼고는 별 볼 게 없었다.

그 후로는 크게 관심을 두지 않고 지냈다.

대한민국의 굵직한 기업 가문의 자제로 태어난다는 것은
어느 정도 정략결혼의 희생양이 될 수밖에 없다.

윤라희 여사도 그러했고 이혼했던 며느리도 그 운명이었
다.

웬만해선 모두가 다 얽혀 있는 기업들과의 관계.

예린이는 어려서 아직 본격적으로 상대를 물색하지 않고
있을 뿐 같은 영향권에 들어 있지 않은 건 아니었다.

윤라희 여사는 예린이의 반응이 학창 시절 잠깐 겪는 사
춘기 사랑 정도라고 생각했다.

그러나 그게 아니었다.

3년 전 제법 이슈가 됐던 사건 이후 모습을 감췄다던 그
소년.

지금은 제법 근사한 청년의 모습으로 다시 예린이 앞에
서 있었다.

강민이 학교에서 사라지고 예린이는 꽤 오랫동안 식음을
전폐하는 상황을 초래했다.

윤라희 여사가 생각했던 것보다 심각하게 강민에게 마음
을 쏟았던 예린이.

얼마가 지켜보던 유 회장의 설득과 훈육으로 예린이는 마음을 잡았고 큰 변화 없이 학교를 졸업했다.

그러나 그날 이후 예린이에게 변화가 생겼다.

늘 밝고 쾌활하게 집안의 청량제 역할을 했던 예린이.

입만 열면 강민이란 소년에 대해 떠들어대느라 시간 가는 줄 몰랐던 그 밝은 아이의 모습은 볼 수 없었다.

학교에 다녀와 자신의 방에 들어가면 책상에 앉아 공부만 했다.

간혹 조용해서 들여다보면 멍하니 앉아 있거나 눈물을 흘리는 모습을 목격하게 되었다.

예린이의 그런 모습을 대면할 때마다 윤라희 여사는 한 번 보고 싶었다.

같이 찍었던 스마트폰 사진을 흐릿할 정도로 확대해 연예인 포스터처럼 붙여놓고 숭배하다시피 했던 예린이.

도대체 예린이의 정신을 한곳으로 붙들어 매놓은 녀석이 어떤 사람인지 윤라희 여사는 궁금했다.

그리고 오늘 그를 마주하게 됐다.

큰 키에 듬직한 청년이 눈앞에 서 있다.

마주하는 순간 확 하고 필이 느껴졌다.

현역에서 활동 중인 모델이라 해도 믿을 만한 외모와 체격.

전혀 흔들림 없는 모습에 윤라희 여사가 되레 긴장감이
느껴졌다.

전경련을 비롯 여러 모임에 참석했을 때 윤 여사를 향해
굽실거리던 대기업 회장들과 부인들보다 나았다.

처음 보는데도 넉살 좋게 어머니라고 부르며 인사를 하
는 청년 강민.

"인상이 참 좋네~"

입가에 미소를 띤 채 윤라희 여사는 강민을 환대해 맞았
다.

"그치? 엄마. 어른들치고 민이를 좋게 보지 않는 분들은
없어~"

엄마가 강민을 칭찬하자 얼굴에 함박웃음을 띠는 유예
린.

'아주 푹 빠졌네. 쯧쯧.'

윤라희 여사는 그 모습을 보고 속으로 혀를 끌끌 찼다.

속으로 혀를 차는 윤라희.

둘째이면서 장녀인 예성이도 나름 연애 비슷한 경략결혼
을 했다.

양에 차는 상대는 아니었지만 50대 대기업 꼬리쯤 되는
집안의 차남이었던 사위.

둘이 죽고 못 산다고 해서 결혼을 시켰었다.

그러나 막내 예린이는 그렇게 시집을 보내고 싶지 않았다.

누가 뭐라 해도 집안의 재력과 상관없이 명문 고등학교와 명문대에 자신의 학업 능력으로 합격한 인재다.

아직 나이는 어리지만 정재계의 여러 명문가에서 예린이에게 중매를 대기 위해 벌써부터 난리였다.

이왕 보낼 거 제대로 골라서 보내고 싶었다.

장남과 장녀 역시 어느 집안의 자제와 비교해도 뒤지는 바가 없었지만 두 사람의 능력을 뛰어넘는 예린이.

오성그룹에 있어 예린이만큼 기대를 갖게 하는 인재도 없었다.

능력 위주의 자녀에게 사업체를 상속하려고 애초부터 방향을 잡았던 유병철 회장 내외.

물론 먹고살 걱정 없는 기업체를 물려주는 것만이 목적은 아니었다.

오성이라는 이름을 후대에까지 빛나게 유지시킬 후계자가 필요한 것이고 그런 사람으로 예린이가 유력했다.

그런 예린이의 미래를 위해서는 든든한 백그라운드가 필요했다.

혈혈단신 천재가 아니라 탄탄한 재력과 권력을 겸비한 사람.

중소대기업을 막론하고 정관계의 인맥이 요구되는 사항
이다.

"어서 들어와요. 조금 후에 회장님도 도착하신다고 연락
이 왔어요."

"아빠도 와?"

"그래~ 강민 군이 온다고 했더니 만사 제쳐 놓고 들어오
신다고 하더라."

"와아! 정말?"

강민에 대한 호의가 비교적 좋은 유병철 회장의 마음을
알고 있는 유예린.

윤라희 여사 역시 알고 있는 사실.

윤 여사는 지원군을 얻은 듯 얼굴 가득 꽃송이 같은 함박
웃음을 짓는 막내딸의 얼굴을 가만히 바라보았다.

'저 나이 때가 가장 꽃피는 때지.'

지금 와서 생각해 보면 윤라희 여사도 비슷한 시절들을
보냈던 것 같다.

자신 또한 저렇게 좋은 때가 있었으니까.

여고 시절 짝사랑하던 대중 가수의 얼굴을 보기 위해 가
발까지 쓰고 카바레에 간 적도 있었다.

당시만 해도 생소했던 콘서트 문화.

인기 가수들을 보기 위해서는 카바레에 출입하는 방법밖

에 없었다.

대부분 대중 가수들이 카바레 무대에서 실력을 선보였던 시대.

그들의 모습을 눈으로 직접 보기 위해서는 모험을 감행해야 했다.

"언니도 온단다~"

"어, 언니까지……."

"궁금하대. 우리 예린이를 홀린 총각이 누군지 자기 눈으로 꼭 보고 싶다고 해서 오라고 했다."

"피이, 엄마가 부른 게 아니고?"

"난 안 불렀다. 그냥 전화해서 소식만 전했을 뿐이야~"

"유부녀가 뭐하러 와. 퇴근하면 집에 가야지."

"호호호, 유예린~ 그 말 엄마가 꼭 기억해 두마. 나중에 너 시집가서 딴소리하면 상속 주식 1프로 깎을 거야~"

"난 절대 안 그래~ 예쁜 서방 놔두고 뭐하러 밖에서 헤매. 집에 가서 서방님하고 맛난 저녁 오손도손 먹어야지."

"오손도손? 호호 호호호호. 그래, 시집 한 번 가서 살아 보고 난 다음에 오늘 얘기는 그때 마무리하도록 하자."

모르긴 몰라도 강민을 두고 미래의 삶을 그리고 있을 막내딸.

그런 예린이를 보며 소리 내어 웃는 윤 여사.

세상 사람들이야 오성그룹의 회장 사모님이라 다를 거라고 생각하겠지만 윤라희 여사도 보통 가정의 엄마와 다르지 않았다.

"두고 봐~ 내 꿈이 현모양처인 걸 엄마는 모르잖아."

"호호호호호호호호호. 혀, 현모양처? 그래? 어떻게 라면은 끓일 줄 아니? 아니면 빨래는 어떻게 하는 줄 알고?"

"엄마!"

고매하고 우아한 일상을 살아가고 있을 거라 생각하기 쉬운 오성가의 사람들.

전혀 그렇지 않았다.

"자, 강민 군! 오늘 저녁 기대해 볼게요?"

"네?"

"어, 엄마? 그게 무슨……."

"강민 군 요리 잘한다면서~ 호호호, 그래서 내가 먹고 싶었던 음식 재료 좀 준비해 놨단다."

"혁……."

"뭘 그렇게 놀라요~ 호호, 친구 집에 왔으니 편하게 지내야죠. 그렇지 예린아?"

"……."

찰나의 시간에 두 사람의 말문을 막아버린 윤라희 여사.

"뭣들 해~ 호호, 주방은 저쪽이니까 들어가서 알콩달콩

저녁 좀 준비해 봐~ 식구들이 좀 되니까 넉넉하게 준비해
야 할 거야~ 호호호."

무슨 생각을 하는지 연신 즐거운 표정으로 웃는 윤라희
여사.

유쾌하게 웃는 그녀의 웃음소리가 조용한 오성그룹가의
저택 안을 채웠다.

가끔 유병철 회장도 무릎 꿇게 만든다는 여장부.

결코 평범한 여인이 아니었다.

띠릭.

검은색 대리석을 사용해 현관 입구의 틀을 잡았다.

그리고 꽃 모양이 화려하게 음각된 아이보리색 현관문.

예린이를 따라 천천히 저택 안으로 들어갔다.

'어, 어머니 짱입니다요!'

문득문득 예린이에게서 생긴 것 같지 않게 강단있는 모
습을 보았다.

그 강단이 어디서 생겼나 했는데 이제야 알 것 같다.

아담한 키에 눈빛만으로 사람을 제압하는 기세를 소유한
윤라희 여사님.

언변술도 상당했다.

꽤 쓸 만한 말발과 머리를 가진 예린이를 두 손 두 발 말

로써 패닉 상태로 만들어 버렸다.

"엄마! 민이는 손님이야!"

"손님? 강민 군! 예린이 친구로 온 거 아니야? 대접을 받기 위한 손님으로 온 거였어?"

"하하, 저야 당연히 예린이 손님으로 방문을… 하하, 걱정 마십시오. 제가 한 상 떡 벌어지게 장만해 보겠습니다."

이 정도 상황에 당황하면 강민이 아니다.

물론 처음부터 기선제압을 위해 계획적으로 벌인 작업인 것은 알고 있다.

'설악산만 아니면 돼!'

설악산 양 도사와의 생활을 생각하면 지옥도 나에게는 달콤한 공간일 것이다.

그런 생활을 했던 나에게 저녁 한 끼 만들어 대접하는 걸로 생각하면 이런 상황쯤 아무것도 아니었다.

"민아……."

"예린아! 우리 같이 요리 한번 해볼까?"

"좋아!"

'많이 당황했구나~'

차라리 나보다는 예린이가 많이 당황한 상황.

윤라희 여사의 어디로 튈지 모르는 이런 태도 때문에 오는 내내 예린이가 불안해했던 것이다.

서울대에 어렵지 않게 입학했을 정도면 수재라는 소리를 들을 만한 인재.

그런 예린이가 아직도 내 앞에서는 여고생처럼 얼굴이 붉어지고 있었다.

"그래~ 편하게 생각해~ 강민 군, 참고로 난 이탈리아 요리를 좋아해."

"무슨 소리야! 엄마는 아무거나 다 잘 드시잖아요!"

"어머머, 무슨 소리야~ 예린아, 엄마는 음식은 안 가리지만 특별히 이탈리아 요리를 좋아한단다."

'이 모녀, 수상해.'

전혀 상상 밖의 상황인 것은 분명했다.

아니, 처음부터 즉흥적으로 나를 초대할 때부터 조짐이 이상했던 것이다.

내가 모르는 무엇인가가 있다.

그것이 무엇인가.

윤라희 여사를 비롯해 예린이의 모습.

대한민국 정재계를 통틀어 가장 왕성한 사업체를 운영하고 있는 기업가의 구성원이라고 볼 수 없는 이 두 사람의 대화.

평범한 보통 가정들과 다를 게 별로 없어 보였다.

태어날 때부터 황금으로 만든 이쑤시개를 사용할 것 같

은 사람들.

매일 전담 요리사들이 만들어 내는 온갖 요리들에 최고급 와인이 매번 식탁에 올라오는 저녁 식사 시간을 상상했다.

하지만 아무리 둘러봐도 그런 분위기가 전혀 보이지 않았다.

강남 사모님들보다 조금 더 세련돼 보이는 윤라희 여사 역시 특별하게 대단히 차별되는 구석은 없었다.

같이 학교생활을 해봐서 알지만 의외로 털털한 구석이 많은 예린이.

그리고 처음 초청한 딸의 친구에게 요리까지 해달라고 요구하는 모습은 상식적인 사고를 넘어서고 있었다.

'집 구경도 좀 하고… 시작해 볼까.'

"예린아!"

"응!"

나는 예린이를 바라보며 고개를 끄덕여 보였다.

같이 요리를 해보자는 나의 말에 이미 윤라희 여사와의 신경전은 잊어버린 예린이.

나는 그제야 저택 내부 공간이 눈에 들어왔다.

대한민국을 대표하는 재계 오성가의 저택 실내 공간.

외부도 놀라웠지만 실내 공간도 눈이 휘둥그레지기는 마찬가지였다.

"그럼 강민 군, 수고해요. 난 보던 드라마가 있어서 마저 보고 올게."

"네~ 걱정 마시고 푹 쉬십시오. 준비가 되면 말씀 드리겠습니다."

"그래요~ 잘 부탁해."

오래전부터 나를 알고 있던 사람처럼 편하게 대하는 윤라희 여사의 모습.

'나를 테스트라도 하는 걸까.'

나를 대하는 모습은 편하게 대하고 있었지만 눈빛은 나를 경계하고 있었다.

그 기운을 모를 리 없는 나는 은밀하게 흘러나오는 윤라희 여사의 경계를 띤 기운을 느꼈다.

탐색과 함께 경계심을 불러일으키고 있는 기운.

그 용기가 가상하기는 했다.

아무리 목적한 바가 있다 하더라도 처음 대면하는 젊은 사람에게 주방을 내놓고 있었다.

부엌은 모든 가정의 먹거리를 책임지는 공간.

고로 집안을 꾸리는 안주인의 가장 은밀한 장소임과 동시에 집안의 기운을 살리는 최적의 장소다.

그런 곳을 쉽게 열어주는 것은 섣불리 하는 행동이 아니다.

가족의 먹거리를 준비하는 곳은 구성원들의 건강을 책임

지는 곳으로 식구가 아니고서는 쉽게 드나드는 곳이 아니다.

특히 대부분 보수적인 사고를 갖고 있는 여성들에게서는 더욱 강하게 느껴지는 주방의 기운.

여성들의 공간으로 오래전부터 남자들의 접근이 쉽지 않았던 공간이 주방인 것이다.

때문에 주방은 한 가정의 가장 속이라 해도 과언이 아니다.

안주인들의 속과 같은 맥락으로 받아들여도 무방한 것이다.

"민아~ 우리 맛있는 거 만들자!"

오늘 하루 생사의 경계를 오가느라 정신이 없었을 예린이.

매 순간 언제 그랬냐는 듯 밝고 명랑한 모습으로 대처하는 예린이의 모습은 3년 전이나 지금이나 달라진 게 없었다.

'그래, 긴장한 채 기죽어 사는 것보다 백 배는 낫지.'

예린이의 건강한 사고와 행동은 칭찬할 만한 요소다.

아무나 멋대로 드나들 수 없는 오성그룹의 회장님 댁.

양 도사의 그늘을 벗어나자마자 여러모로 호사를 하고 있었다.

3년 고생 끝에 다시 하늘이 나에게 허락한 삶이 오늘만 같기를 바라는 마음이 절로 들었다.

제6장
윤여사의 시험

마스터K

MADE IN K

끼이익.

"도착했습니다. 회장님."

딸깍.

본래 유병철 회장의 퇴근을 책임지는 사람은 수행비서다.

하지만 오늘은 함께 집에 가자는 유병철 회장의 말에 염홍철 그룹 총괄 기획 비서실장이 동행했다.

직함이 실장이라 불리고 있었지만 그룹 산하 사장단보다 더 강력한 권력이 주어졌다.

사장단들의 인사 평가 및 계열사 감사까지 총책임을 지

고 있는 자리가 총괄 기획 비서실장 자리였다.

그야말로 오성그룹 유병철 회장의 오른팔인 셈이다.

지난 몇 년간 그룹 계열사 사장들은 몇 번 바뀌었지만 총괄 기획 비서실장 자리는 그대로 유지되고 있다.

유병철 회장 말고는 직접적으로 터치할 수 있는 사람이 없다고 보는 것이 맞았다.

오늘 이 자리도 유병철 회장의 느닷없는 저녁 식사 초대 자리였다.

평소에도 아주 없는 일은 아니었다.

일 년에 한두 차례는 유병철 회장의 가족들과 동반 식사 모임에 초대를 받는다.

그러나 오늘처럼 갑작스럽게 일정에 없는 식사는 거의 없었던 일이다.

요즘 가뜩이나 오렌지사와의 소송 문제와 차세대 그룹 먹거리 문제로 회사에서 거의 숙식을 해결하고 있을 정도로 정신없이 바쁜 시간을 보내고 있었다.

유병철 회장 역시 바쁘기는 마찬가지.

한 달에 한두 번 잡히는 해외 출장은 직접 나서지 않으면 안 되는 완벽 주의자.

전용기를 이용해 다녀오기 때문에 일정이 빡빡하게 돌아가지는 않았지만 쉬운 일은 아니다.

점점 더 지구촌화되어 가고 있는 전 세계.

과거 일개 국가에서 최고로 성장했던 기업체들도 무한 경쟁의 세계에 나갔다가 개 박살이 나 일순 합병 절차를 밟게 되는 경우가 허다했다.

대놓고 뇌물을 주고받지 않은 요즘 시대.

그런 게 전부였던 시대도 분명 있었다.

지금 시대 역시 국제적인 대기업의 먹잇감으로 전락하지 않기 위해서는 적당히 정치권에 뇌물도 제공해야 하고 살아남기 위한 방책을 끊임없이 모색해야 했다.

그러나 오성그룹은 자체의 능력과 힘으로 버텨나가기 위해 몸부림치는 몇 되지 않는 기업 중 하나.

기업들의 운명이 그 기업을 이끄는 회장의 손에 달려 있다고 해도 과언이 아니었다.

날로 더해지는 특허권과의 전쟁 덕분에 오성그룹은 매일 전쟁터에서 살아남기 위해 사투를 벌이는 중이었다.

그런 상황에서 오늘 같은 갑작스러운 저녁 식사가 잡힌다는 것은 예외인 상황.

저녁 스케줄까지 취소하고 염 비서를 대동하고 집으로 곧장 퇴근을 해온 유병철 회장.

"벌써 왔나?"

안마 시스템이 구비되어 있는 최고급 럭셔리 승용차.

연일 빠듯한 스케줄을 소화하느라 피곤했던 유병철 회장은 잠시 단잠에 빠졌다 눈을 떴다.

"회장님, 건강을 생각하셔야 합니다. 회장님 손에 저희 오성그룹 식구들의 운명이 달려 있습니다. 더 나아가 국가의 동력이지 않습니까."

염홍철 비서는 진심으로 유 회장의 건강을 걱정하고 있었다.

부족한 것 많은 자신을 처음부터 알아보고 일찌감치 능력을 인정해 주었던 유 회장.

이 자리까지 이끌어 주었다.

다만 공부를 하기 위해, 그리고 세상에 이름 석 자를 남겨 보겠다고 무모하게 감행했던 미국 유학.

힘든 가정 형편에 유학길 학비를 대주기 힘들었던 부모님 대신 유학 경비를 일체 지원해 주었다.

뿐만 아니라 염홍철이 유학을 마치고 돌아왔을 때 그룹 차원에서 공개 스카우트를 했던 유병철 회장.

장장 10년에 가까운 세월 동안 그 비싼 유학 경비를 전부 제공해 주었다.

오성그룹의 유 회장 덕에 법학에 이어 전자공학까지 전과를 해 마음껏 공부할 수 있는 기회를 얻게 되었던 것이다.

아무리 거대한 기업을 운영하는 오너라 해도 아무나 행

동으로 옮길 수 없는 인재에 대한 투자.

암암리에 사훈으로 삼고 오는 '엘리트 10프로가 회사를 먹여 살린다'는 유 회장의 지론.

거침없이 행동으로 옮김으로써 지금처럼 염홍철과 같은 신의 있고 재능있는 인재를 옆에 둘 수 있게 된 것이다.

평소에도 인재에 대한 투자를 아끼지 않는 유병철 회장이다.

올해로 예순이 되는 유병철 회장.

선대 회장의 작고 이후 십몇 년 동안 회사를 이끌어 왔다.

요즘 염홍철의 눈에 비친 유 회장은 조금은 지쳐 보이는 거인의 모습이다.

'회장님 약해지시면 안 됩니다. 좀 더 힘을 내주십시오.'

장남과 장녀인 유 상무와 유 전무의 보필이 유 회장에게 있어 남달랐지만 세월에는 장사가 없었다.

오성그룹의 후계자인 유재명 오성전사 상무.

장남임에도 불구하고 유병철 회장은 마땅찮아 하는 구석이 많았다.

유병철 회장은 회사 일에 있어 그 누구보다도 냉정했다.

이미 오성그룹 내 사원이라면 모르는 이들이 없을 만큼 철저하게 공과 사를 구분하는 유 회장이었다.

"이제 나도 늙었나 봐. 몸이 예전 같지가 않아."

"유 상무님이 있지 않습니까. 경영 수업을 마치면 든든하게 회장님을 보필할 것입니다."

"유 상무는 글렀어! 내 아들이지만 사업가로서는 영 미덥지가 않아. 염 비서도 그 정도 눈치는 있잖아!"

유 회장은 의자에서 몸을 일으키며 염 비서를 힐끗 쳐다보며 눈치를 주었다.

되도록 유병철 회장 앞에서 유 상무에 대한 얘기는 꺼내지 않는 게 유 회장의 심기를 건드리지 않는 방법임을 임원들은 잘 알고 있었다.

하지만 염 비서는 그런 주변 사람들의 눈치는 개의치 않았다.

"가정 하나 다스리지 못해서… 쯔쯔쯔."

"아직 경험이 부족해서 그러실 겁니다. 그리고 요즘 세상에 누가 이혼을 능력 평가하는 데 그렇게 크게 비중을 두겠습니까. 아무래도 여성들 사회 진출이 많아지다 보니 그런 마찰이 잦을 수밖에 없지 않겠습니까."

유 상무 부부의 이혼에 있어서 아직도 마음을 풀지 못한 유 회장은 냉정했다.

"편들지 말게. 누구보다 유 상무에 대해서는 내가 제일 잘 알고 있어."

"……."

지이이잉.

그사이 저택의 차고 셔터가 올라갔다.

저벅.

그제야 차에서 내리는 유 회장.

"다녀오셨습니까, 회장님!"

저택에 상주하는 운전기사와 그룹 산하 보안팀 직원들 10여 명이 도열하며 유 회장을 맞았다.

"수고들 많네."

"아닙니다, 회장님."

그룹 내 보안팀 직원들 중에서도 신분이 확실하고 각종 무술에 강한 사람들을 선발해 배치했다.

하도 세상이 흉흉하다 보니 공권력에만 의지할 수 없었다.

더욱이 집에는 아내와 딸이 살고 있기에 특별히 더 신경을 썼다.

"그런데 회장님, 송구스러운 질문이지만 오늘 무슨 날입니까?"

갑작스러운 유병철 회장의 호출에 저택으로 따라온 염 비서가 이제야 조심스럽게 물었다.

"특별한 주방장을 모셔와 저녁을 하기로 했다네."

"네? 특별한 주방장요?"

평소 유병철 회장 같지 않은 대답이다.

유 회장의 성품상 한 끼 저녁 식사를 위해 특별히 주방장까지 초빙해 요리를 하고 식사를 초대할 리 만무했다.

입맛이 까다로운 분이 아니었기 때문에 집에 상주하는 요리사와 도우미에 만족하는 스타일인 것은 염 비서도 잘 알고 있는 사실.

회사에서도 식사 시간을 빼기 힘든 때면 햄버거 하나로 끼니를 해결할 만큼 소탈한 유 회장이다.

"하하, 만나보면 알 거야."

저녁을 준비하기 위해 와 있는 주방장이 적잖이 마음에 드는지 흐뭇한 표정을 지으며 웃어 보였다.

"……??"

유 회장의 모습에 더욱 궁금증이 이는 염 비서.

자신이 지금껏 모신 유병철 회장의 스타일과 전혀 맞지 않는 오늘이다.

부우우웅.

차 한 대가 저택 쪽으로 다가왔다.

"어, 유 전무님 차 아닙니까?"

오성호텔과 오버랜드의 전무 자리를 차지하고 있는 유 회장의 큰딸이다.

눈에 확 띄는 붉은 스포츠카를 몰고 나타났다.

끼익.

덜컹.

"아빠~!"

정확하게 주차장 앞에 차를 세우고 곧장 문을 열고 나오며 유 회장을 불렀다.

은회색의 가죽 벨트에 검정 투피스 정장 차림.

그리고 큼지막한 화이트 골드 귀걸이가 인상적인 유예성 전무다.

그렇게 크지 않은 키임에도 불구하고 실제보다 더 늘씬하고 길어 보이는 외모다.

160 이상은 되어 보이는 키에 자기 관리가 철저한 덕에 훌륭한 몸매를 유지하고 있었다.

기혼자임에도 전혀 그렇게 보이지 않는 것이 아직 이십 대의 미스라 해도 의심할 사람이 없을 듯하다.

외모 또한 윤라희 여사를 닮아 동양적 미인에 속할 만큼 빼어났다.

여성 치고는 눈썹이 짙어 고집스러운 인상을 주고 있었지만 그만큼 능력이 받쳐주는 커리어 우먼이었다.

올해로 스물아홉이 되는 유예성 전무는 그룹 내에서도 꽤 중요한 위치에 있었다.

최근에 와서는 능력 미달로 입방아에 오르는 유재명 상

무를 대신해 차기 그룹의 후계자로 논의되고 있기도 했다.

"너도 엄마 전화 받았냐?"

"네~ 맛있는 저녁 먹자고 오라시던데요?"

"하하, 오늘 그 녀석이 제대로 털리겠구나."

"정말 예린이가 좋아한다던 그 사람이에요?"

"아마도 그럴 거야."

"호호호, 재미있겠어요. 춘향이 이 도령을 기다리던 폼이었잖아요, 그동안."

일편단심 춘향이의 마음으로 늘 한 소년만을 기다렸던 예린이. ●

유예성도 온 집안을 달구었던 예린이의 첫사랑 앓이를 잘 알고 있었다.

"드디어 보는군요? 얼마나 멋진 사람이기에. 호호호."

"김 서방 알면 서운해하겠구나. 그런 표정 짓지 마라."

"괜찮아요. 그이, 그제 회사일로 출장 갔다 오늘 저녁에 오잖아요."

"왜 싫어?"

"피이, 싫기는요. 신혼이 끝났는지 가끔 혼자 밤을 지내는 날이 그립기도 했는걸요. 헤헤."

"친구들과 밤늦게 돌아다니지 마라. 여자는 결혼 전과 후가 달라야 하는 법. 오성 이름에 흠이 될 만한… 알지?"

그룹의 일에 관한 한 엄하기 그지없는 유병철 회장.

아버지 이전에 기업인으로서의 자부심이 남다르다는 것을 가족 모두 잘 알고 있다.

입가에 미소를 지었지만 지금 하는 말의 의미는 무시무시한 경고와 같다는 것.

"네~! 걱정 마시옵소서. 회사에서 퇴근하면 친구들과 술 한 잔도 하지 않고 집으로 달려가옵니다. 아바마마~"

서로의 성품을 잘 알고 있는 부녀.

유예성은 장난스럽게 유 회장의 말에 대꾸하며 다가와 팔짱을 걸었다.

"지금 퇴근하셨습니까."

유 전무를 향해 먼저 인사를 건네는 염 비서.

"어머, 죄송해요. 하늘 같은 호랑이 염 실장님이 계신 줄 몰랐어요~"

"아니, 그게 무슨……."

긁적긁적 머리를 긁는 염홍철 비서.

"어허! 너 그러다 다음 인사 때 염 실장에게 찍히면 아프리카 지사로 발령 날 수도 있어."

"정말요~ 히잉. 그러면 안 되는데. 저 신랑이랑 헤어지면 죽을지도 몰라요. 염 실장님 제발 선처 좀 부탁드려요~"

"아, 아니, 회장님 그 무슨 말도 안 되는……."

유 회장의 썰렁한 유머에 당황하는 염홍철 비서실장.

"하하하, 그만 들어가세나."

"호호호, 어서 들어가세요. 염 실장님~"

사석에서는 가족처럼 편하게 대하고 지냈던 유예성 전무와 염홍철 비서.

서로 장난이라는 것을 알면서도 유 회장이 끼어들면 분위기가 묘해졌다.

저벅저벅.

세 사람이 대문 안으로 들어섰다.

드디어 그간 오성의 막내 공주가 일편단심 마음을 묶어두고 있던 남자 친구와 대면하는 날.

유 회장을 제외하고 그의 얼굴을 본 적이 없던 나머지 가족들의 그에 대해 무척 궁금해했었다.

유재명과 유예성에게 최근 3년 동안 까칠하게 굴었던 막냇동생.

집 안팎에서 무서울 것 없이 굴던 예린이의 독불장군 같던 마음을 사로잡은 사람이 누구인지 유 회장의 말만 듣고 상상했던 게 고작이었다.

세 사람의 발걸음이 무척 경쾌하고 가벼웠다.

치이이이이익.

다다다다다다닥.

화르르르르르르르.

가스불 위에 올려놓은 물이 끓으며 수증기를 뿜어 올렸다.

주방에 울리는 경쾌한 도마질 소리와 화끈한 불길이 점령한 주방의 공기.

'역시 돈이 좋긴 좋아!'

격조가 달랐다.

북경루 강남점 주방과 라마르아 호텔 주방도 이곳 주방에 비하여 더 나을 게 없었다.

이름만 들었지, 본 적이 없던 독일의 은도금 전문 주방기구인 뷔르템베르기슈 메탈바렌 파브리크사의 냄비 10종 세트.

휘슬러사의 솔라 압력솥 세트.

찜 요리에 제격인 르쿠르제 무쇠 솥들에 이어 프랑스 명품 주방 용품사인 자피의 각종 편리한 각종 도구들.

시중에서 보기 힘든 최고급 명품 주방 기구들이 보기 좋게 진열되어 있었다.

특급 호텔에서도 사용할 수 없는 기구들.

'도대체 주방이 몇 평이야?'

식구들은 몇 명 되지 않는 것 같았는데 주방은 대충 봐도 30여 평은 돼 보였다.

대리석으로 치장한 10인용은 훨씬 넘어 보이는 길고 커다란 식탁과 블랙 가죽의 푹신한 유럽 왕실풍의 의자들.

주방 천장 중앙에는 화려한 샹들리에 조명이 환하게 불을 밝히고 있다.

그리고 중간중간에 적당한 크기의 눈부신 샹들리에가 세 개나 장식용으로 더 매달려 있었다.

블랙 계열을 선호하는 듯 주방에 세워진 장 역시 대리석 느낌이 도는 외관을 하고 20여 개정도가 정렬돼 있다.

먼지 하나 앉지 않은 유리 문 속에는 장식용 식기들인지 꽤 고급스럽고 눈길을 끄는 그릇들이 장식돼 있었다.

가스레인지도 마찬가지.

한쪽은 4구짜리 전기 레인지가 놓여 있고, 그 옆에는 또다시 4구짜리 일반 가스레인지가 있다.

그리고 그 옆으로 튀김 요리 같은 화력이 센 음식을 조리할 때 쓸 수 있도록 대형 화구 가스레인지가 따로 마련돼 있었다.

그릇 씻는 계수대도 길이가 무려 2미터 이상은 돼 보였다.

또 서양식 주방과 동양식 주방의 장점을 살려 여러 사람이 함께 조리를 할 수 있도록 최적화되어 있었다.

'엄청 싱싱하네……'

백화점 판매 스티커가 붙어 있는 준비된 재료들은 갓 수확해 놓은 듯 싱싱했다.

전부 다 유기농 재료들.

포장을 뜯어 손에 닿는 순간 전혀 농약을 쓰지 않고 키운 식재료들임을 알 수 있었다.

아예 노지에서 키운 자연산에는 그 향과 맛이 떨어지겠지만 도시 사람들이 먹을 수 있는 식재료들 중에서는 최고의 품질이다.

'이탈리아 요리를 좋아하신다고 했겠다. 원없이 드시게 해드리죠~'

재료가 문제이지, 이탈리아 요리쯤 문제없었다.

머릿속에 가득한 레시피들이 필름처럼 돌아갔다.

심심할 때마다 컴퓨터 앞에 앉아 갖가지 요리들에 관한 정보를 서핑하던 때도 있었다.

그때 심심찮게 이탈리아 요리 레시피를 찾아보며 시간을 보내기도 했다.

요즘 세상은 궁금한 것을 오랜 시간을 들여 애써 알아보지 않아도 금방 정보를 접할 수 있는 세상이다.

인터넷만 된다면 무한한 정보를 한자리에서 섭렵할 수 있는 세상.

골프에 관한 기본 교육 정보를 비롯해 웬만한 것들은 전문 지식이 무한하게 제공되는 인터넷 세상이 꽤 유용하게 쓰였다.

특히 나처럼 돈도 부족하고 알아야 할 것도 많은 성질의 사람에게는 돈을 들이지 않고 공부할 수 있는 곳이기도 했다.

다만 그것들의 사실 여부와 나에게 어떻게 적용하고 흡수할 것인가는 온전히 나의 몫으로 남지만 말이다.

요리에 관한 정보를 수합하는 것도 마찬가지였다.

세계 각국의 전문 사이트를 돌며 얻게 된 상당한 정보들.

내 생계의 주력으로 선택했던 요리에 대해 폭넓은 지식을 제공해 주었다.

"민아~ 너랑 함께 요리를 하게 되다니 꿈만 같아!"

'나도 정말 꿈만 같다.'

3년 만에, 그것도 설악산 산중에서 만난 예린이.

분명 오늘 아침까지만 해도 한숨 팍팍 쉬며 설악산 탈출을 꿈꾸고 있었다.

그랬던 내가 이 저녁에는 대 오성그룹 회장님 댁에서 요리를 하게 됐다.

아무리 인생이 하룻밤 꿈같고 한순간이 아홉 번의 연속된 중첩된 꿈이라 하지만 정말 신기했다.

"나도 좋다, 친구야~"

"정말? 호호, 나 요리사가 되도 잘하겠지?"

'참아라. 내가 보기에 예린이 너는… 소질 없다.'

분위기를 타자 시작도 안 했는데 이미 예린이는 요리사

가 된 기분을 내고 있었다.

넉넉한 식신의 기를 받아 그 기를 자유자재로 음식을 조리할 때 활용할 수 있는 자만이 타인을 위한 음식을 조리할 수 있는 것이다.

그것도 수없이 많은 사람들의 입을 행복하게 해줄 수 있는 힘이 나오는 법이다.

가족들의 밥 한 끼를 건사하기도 벅찬 가정주부들은 그래서 절대 대형 식당 주방을 맡을 수 없다.

사람이란 본시 기로 나서 기로 돌아가는 존재들이다.

원기 충천하여 많은 기를 활용할 수 있는 이들만이 요리사의 길을 갈 수 있고 또 성공을 거둘 수도 있다.

그 기준에 비추어 볼 때 예린이한테서는 식신의 기운이 거의 느껴지지 않는다.

기업인의 부모를 둔 사람이라 사업가에 어울리는 카리스마와 이성적 판단력이 돋보이는 유예린.

처음 보는 이를 위축시키고 자신의 페이스대로 상황을 이끌 수 있는 기의 흐름은 보였다.

"그럼~ 넌 뭘 해도 잘할 거야."

"정말?"

'아니~'

사실과는 달리 입에서 흘러나오는 꿀을 바른 듯한 립 서비스.

이 정도 칭찬을 들었다고 요리사가 되겠다며 뛰어들 친구는 아니라는 건 알고 있었다.

척 봐도 요리사가 될 팔자는 아니지 않은가.

적어도 이렇게 칭찬이라도 해줘야 자신감이 붙어 나중에 시집가면 라면이라도 끓일 수 있는 적극성을 보일 것이다.

'주방 기구가 다양하니까 좋긴 좋네.'

설악산에 지어 놓은 하계신선루 주방에 비치해 놓은 주방 용품의 딱 백 배 수준 정도 되는 저택의 주방 용품들.

크레페용 프라이팬부터 철, 동, 코팅, 스테인리스에 주물 프라이팬까지 가지가지 다양했다.

냄비도 낮은 자루 편수, 깊은 자루 편수, 중탕용, 볶음용, 원추형, 튀김용, 쿠스쿠스용까지 수 가지가 비치돼 있다.

그뿐인가.

가재 팬치, 튀김용 온도계, 가시 제거용 집게, 포 뜨기용 칼에 비늘 제거기, 감자 으깸기, 믹싱볼, 파스타 거르개 등등.

전문 요리 주방들이 부럽지 않을 만큼 갖가지 도구들이 주방에 들어와 있는 자체로도 나를 행복하게 만들었다.

'오븐 봐라 봐라~'

제빵 가게도 아니건만 컴벡션 오븐 및 증기 오븐도 보였다.

물론 오성그룹에서 생산한 특대형 냉장고 네 대에 김치

냉장고 세 대도 덤으로 들어와 있는 주방.

스파이럴 반죽기와 빵 반죽기도 한쪽에 얌전하게 놓여 있었다.

'진짜 요리할 맛나네.'

주방 공간을 지배할 수 있는 총주방장이 되면 마음껏 요리를 할 수 있다는 것이 좋다.

누구의 눈치도 보지 않고 하고 싶은 요리할 수 있는 권리는 총주방장만이 누릴 수 있다.

설악산 너와집은 부엌이라고 할 곳도 없었다.

노상에 마른 나뭇가지들을 쌓아 솥 하나 걸면 그곳이 바로 부엌이 되었고 치우면 마당이 되었다.

하계신선루 부엌도 깔끔하고 전보다 나았지만 걸신 양 도사님 때문에 요리할 기분이 드는 곳은 아니었다.

사람이 마음이 편하고 기분이 좋아야 음식도 맛이 있는 법인데 기분 좋게 들어갔다가도 양 도사의 구박에 금세 좋았던 기분이 식어 버리기 일쑤였다.

하지만 지금은 근 몇 년 만에 기분이 좋게 요리를 하게 되는 것 같다.

손님으로 와서 요리를 해야 하는 입장이 되었지만 전혀 문제가 되지 않는 순간.

아름다운 여성으로 성장한 예린이가 친구라는 신분으로

옆에 딱 붙어 있는 것도 한몫했다.

북경루 주방에서 일할 때처럼 나의 움직임 역시 거침이 없었다.

"어머니 생선 좋아하셔?"

"물론이지. 엄마는 맛만 좋으면 안 가리고 다 드셔."

'싱싱한 도미가 있으니 그 살로 까르토치오도 만들고~'

산도가 0.5밖에 되지 않아 이탈리아 요리에 자주 사용되는 카라펠리 올리브유.

적당한 양을 잘 배합해 사용하면 맛있는 생선요리가 뚝딱 완성되었다.

"예린아! 집에는 요리를 해주는 요리사가 없어?"

"아니~ 한식하고 양식 담당하시는 두 분이 계셔. 보조하시는 아주머니들도 다섯 분이 계시고."

'헐.'

"어, 어. 그렇구나. 나는 이 큰 주방을 어머니가 다 쓰시는 줄 알았어!"

"말도 안 돼~ 호호호."

'그래, 말이 안 되지.'

국가 고용 수치까지 훌쩍 높여 주는 오성그룹 저택의 고용인력들.

눈에 보이는 게 다가 아니라는 사실을 다시 한 번 확인하게 된다.

"경비 서는 사람들도 여기서 다 해결하는 거야?"

"따로 별관에서 숙식해. 아주머니들이 식사는 챙겨주시고."

'정원사에 운전기사, 그리고 가사 도우미에 요리사, 보디가드… 얼추 세어 봐도 열 명은 넘겠군,'

거대한 저택만큼이나 이 집을 유지하기 위해 필요한 인력이 한둘이 아닐 것은 뻔한 일.

평범한 친구 집이 아님에도 편하게 나를 대한 듯했다.

대기업 사주의 안주인은 아무나 되는 게 아닐 것이다.

물론 생활의 편리함을 마음껏 누리며 살 테고 말이다.

보통 가정의 어머니들처럼 빨래에 음식을 준비하는 것보다 사회생활을 하는 게 더 빛나고 또 그 역할이 더 맞을 것이다.

잘 먹고 잘사는 것을 뭐라고 할 수 없었다.

이들의 삶 역시 대한민국 경제를 움직이는 흐름들 중 한 부분일 테니까.

부럽거나 하지는 않다.

양 도사가 늘 서로 각자 처지대로 살아가는 게 세상 사는 이치일 뿐이라고 했다.

그런 이치로 설악산에서 부모도 없는 나를 오라 가라 부리며 온갖 잡일을 다 시켰지만.

어차피 저세상 갈 때는 같은 모양으로 갈 테니 너무 억울해 마라며 그 말을 위로라고 하셨던 양 도사.

한 줌 재가 되거나 기껏 한 평도 안 되는 관 속에 누워 회상 정도 수준에서 멈출 이 세상의 삶.

그럼에도 불구하고 나는 사는 동안 내 자유대로 살고 싶었다.

오늘에서야 그 꿈의 일부를 되찾았지만 말이다.

"그런데 민아, 이걸로 뭘 하려는 거야? 설마 마늘빵을 만들려는 거야?"

"아니? 브루스케타 룽가라는 건데 지금은 마늘빵이랑 좀 비슷해 보이지?"

"아! 브루스케타를 이렇게 만드는 거야? 호호호, 먹어만 봤지~ 처음 봐~"

브루스케타를 만들기 위해 구워 놓은 크루통을 보고 예린이는 마늘빵을 떠올린 모양이다.

웬만해서는 요리에 들어가는 재료들 한두 가지는 빠지게 마련인데 저택 주방에는 없는 게 없이 거의가 다 완벽하게 구비돼 있었다.

블랙올리브와 케이퍼, 마늘, 오일과 파슬리를 믹서에 넣고 거친 식감이 남아 있을 정도로 갈아주었다.

그리고 치즈에 오렌지 즙과 벌꿀을 적당량 섞고 거기에 제

스트를 넣어 골고루 저은 후 약간의 소금으로 간을 보았다.

"히이~ 민이가 하고 있는 거 보니까 막 신기해~ 난 이런 거 아주 못한단 말이야! 다음에 또 해줄 거지?"

구워놓은 크루통 위에 준비해 둔 것들을 빠르게 요리하는 모양을 보며 예린이가 옆에서 신기한 듯 떠들어댔다.

나는 접시 위에 슬라이스 한 올리브와 말아 놓은 뚜꼴라 등으로 장식한 브루스케타를 올렸다.

그리고 허브 잎 몇 장으로 장식한 다음 오일과 발사믹 식초를 살짝 뿌려 마무리했다.

오븐에 구운 파프리카, 파질, 파슬리, 방울토마토 등 여러 재료들의 색감이 살아 한층 더 입맛을 돋우었다.

각종 향신료까지 잘 구비되어 있는 저택의 주방.

별것 아닌 요리를 준비하더라도 이미 품격을 달리할 정도다.

요리에 관해서는 먹어본 것밖에 한 일이 없는 듯한 예린이에게는 잡다한 도움을 받는 정도에서 만족해야 했다.

하지만 신선한 재료들을 그 자리에서 다듬어 주거나 그릇들을 닦아주는 일만으로도 요리들은 빠르게 완성돼 갔다.

타다다닥.

이미 흥겨운 기분은 주방에서 급작스러운 요리를 하게 됐음에도 전혀 부담이 되지 않을 만큼 좋았다.

예린이와의 대화 중에도 손에 잡힌 칼자루는 쉬지 않고 움직였다.

'룰루~'

몇 년 만에 느껴보는 자유로운 기분이란 말인가.

먹구름이 잔뜩 낀 듯했던 시간과 사람에게서 벗어나 오늘 나를 위해 내가 준비하는 성찬이었다.

'버섯 향이 죽이니까 이건 버섯 샐러드를 만들면 제격이겠어~'

손이 많이 가지 않으면서도 눈을 즐겁게 하고 미각을 깨우는 요리들 중심으로 나는 손을 움직였다.

맛과 영양도 풍부한 버섯 샐러드.

부재료들이 부족한 상황에서도 설악산에서 자주 상에 올렸던 것 중 하나다.

치이이이익.

달궈진 팬에 올리브유를 살짝 뿌리고 얇게 편을 썬 새송이 버섯을 넣어 구워 냈다.

스스스슥.

믹싱볼에 준비해 놓은 신선한 양상추와 사과 비트, 방울 토마토 등을 넣고 섞은 후 준비된 접시에 보기 좋게 담았다.

그리고 올리브유와 발사믹 식초에 약간의 마늘을 넣어 만든 드레싱 소스를 뿌렸다.

상큼한 향이 코끝을 자극했다.

입안에 새콤하게 침이 돌았다.

"와! 맛있겠다!"

간단하지만 눈으로 전달되는 맛은 이미 입맛을 자극하기에 충분했다.

선명한 색감이 살아 신선함을 자아내는 접시에 담긴 샐러드를 보며 탄성을 터뜨리는 예린이.

음식을 준비한 지 채 한 시간이 되지 않았다.

하지만 이미 에이프런 곳곳에 얼룩이 눈에 띄었고 하얀 가루도 보였다.

예린이 얼굴에도 묻어 있는 흔적들.

하지만 즐거웠다.

"예린아, 가스 불 위에 그것 좀 저어줘."

"알았어!"

호박 수프에서 연기가 뽀얗게 올라왔다.

구체적으로 주문한 요리는 이탈리아 요리뿐이었지만 재료가 꽤 다양하게 준비되어 있었다.

몇 가지 신선한 야채 재료만으로도 맛 좋은 수프를 준비할 수 있다.

한 가지 주재료에 궁합이 맞는 부재료들을 조금씩 넣어 음식을 만들면 맛과 향을 증진시키고 영양가 또한 높아진다.

주방이 넓어 움직이는 동선도 자유로웠다.

사사사삭.

나는 자주색 작은 꽃망울이 그려져 있는 아이보리색 넓은 접시를 하나 더 꺼냈다.

그리고 버섯 샐러드를 한 접시 더 담았다.

아무래도 여성들의 수가 더 많은 가족이다 보니 샐러드를 넉넉히 담는 게 좋을 거 같아서다.

'다음은 말파띠!'

정확하게 주문한 요리는 이탈리아 요리다.

그것도 메뉴를 정하지 않은 상황.

"그런데 예린아! 왜 주방장님이나 다른 도우미 분들은 안 보여?"

"응? 몰라~ 나도 그게 이상해. 저녁 시간까지는 계셨는데… 오늘은 안 보이시네."

"……."

'윤 여사님께서 나를 제대로 시험하시는군.'

왜 나에게 요리를 하게 하는지는 모르겠지만 뭔가 테스트를 받고 있는 듯한 기분이 들었다.

상주한다는 요리사도 보이지 않는다는 건 일부러 주방을 비우게 한 것일 터.

도우미가 다섯 분이나 된다고 했는데 그분들도 보이지

않는다.

다들 퇴근을 시켰을 가능성이 컸다.

치이이이.

잘게 썰어놓은 시금치를 달궈진 프라이팬에 넣고 센 불에서 볶았다.

사사사삭.

잠시 후 반죽판 위에 체에 거른 리꼬다, 볶은 시금치, 치즈와 밀가루, 소금과 후추, 일반 시중에서 보기 힘든 육두구와 달걀을 놓고 반죽을 시작했다.

파바박.

쓰기 위해 수련한 내공을 살짝 사용하고 있어 반죽기보다 더 빠르고 맛 좋게 혼합이 되었다.

보통 전문 요리사들이 20여 분 정도는 필요로 하는 시간을 나는 5분에서 7분까지 단축시켜 활용할 수 있었다.

퐁퐁퐁.

호두알 크기로 빠르게 뇨끼를 만들어 끓은 소금물에 넣어 익혔다.

둥둥둥.

익는 차례대로 물 위로 떠오르는 뇨끼.

재빨리 채로 건져 달군 팬에 버터를 조금 넣고 겉이 살짝 고소하도록 살짝 구워냈다.

'바쁘다, 바빠!'

그리고 파이 팬에 완숙된 뇨끼를 넣고 치즈를 뿌린 후 예열해 놓은 오븐에 넣었다.

'다음은~ 도미 요리.'

가장 쉬우면서도 어려운 생선 요리.

터키나 이탈리아 같은 지중해 지역 사람들이 즐겨 먹는 생선 요리들.

자칫 조리를 잘못하면 비린내가 나고 또 탈 수도 있어 꽤 주의가 요망되었다.

위이이이잉.

자동 센서에 의해 작동되는지 환기시설이 켜졌다.

거의 주방에 냄새가 남아 있지 않을 정도로 환기시설이 잘돼 있음에도 다른 센서가 또 작동했다.

그그그극.

먼저 도미의 비늘을 제거했다.

스스슥.

꽤 상품의 도미여서 세 장만 포를 떠도 양이 상당했다.

주르르륵.

이태리제 새하얀 도자기 그릇에 생선을 놓고 위에 백포도주와 오리가노를 살짝 뿌렸다.

물론 이탈리아 요리에서는 빠지지 않는 올리브유도 살짝

둘렀다.

톡.

기름종이 가장자리에 달걀노른자를 바르고 터지지 않게 잘 접어 도톰하게 포를 뜬 도미 살을 덮었다.

띠리리릭.

작은 미니 오븐에 넣고 220에 맞춰 재료를 넣었다.

"휴우."

마음과 달리 혼자 다양한 요리를 계획에 없이 하려니 벅찼다.

나를 테스트하는 듯한 윤라희 여사의 심리를 안 이상 시간을 최대한 단축시켜 코를 납작하게 해줄 요리를 선보여야 했다.

띵동.

"회장님께서 들어가십니다."

"아빠가 오셨어!"

벨 소리가 울렸다.

그리고 현관 인터폰에서 유병철 회장님이 들어오고 있음을 알렸다.

"호호, 오늘 일찍 오시네~"

방으로 들어가 있던 윤라희 여사의 경쾌한 웃음소리가 다시 거실 쪽에서 들렸다.

"어머~ 이게 무슨 냄새야? 정말 고소한데~"

막내 공주의 귀한 친구를 부려먹고 있다는 미안함 같은 것은 전혀 내비치지 않는 윤 여사님.

'여사님~ 세상에 공짜 없습니다!'

온갖 정성을 다한 요리를 먹게 된다면 분명한 대가를 지불해야 마음이 편할 것이다.

아무리 식재료를 제공했다 하더라도 내가 만든 것을 공짜로 먹고 잘될 사람은 세상에 양 도사밖에 없을 테니까 말이다.

"아직 주방엔 들어오시면 안 되십니다~"

솔솔 풍겨 온 집 안에 퍼지는 미세한 요리 냄새까지는 막을 길이 없었지만 눈으로 보는 것은 아직 안 되는 일.

"호호호, 알겠어 알겠어. 기대해 볼게~"

'맛보시고 또 해달라고 하지는 마십시오.'

아직은 여유가 느껴지는 윤라희 여사의 목소리가 상쾌하게 들려왔다.

잠시 뒤 눈으로 확인하게 된 후의 표정이 궁금해졌다.

그때서나 나의 요리와 나의 진면목을 마주하게 될 것이다.

띠리릭.

문 열리는 소리가 들렸다.

"여보~ 오셨어요~"

"당신의 부름을 받고 왔소이다."

오랜만에 듣는 귀에 익은 유병철 회장의 목소리.

첫 만남의 기억이 강했기 때문에 그때 이야기를 나누던 목소리를 기억하고 있다.

"사모님, 저도 왔습니다."

"호호, 어서 오세요. 염 실장님."

"엄마~ 나도~"

"어머~ 어떻게 같이 왔니! 예쁜 우리 큰 딸~"

"응~ 엄마의 호출이신데! 한달음에 달려왔죠."

"아구구~ 예쁜 내 새끼~ 잘했어, 잘했어. 들어와, 들어 가세요, 자자."

'…화목하군.'

외부에는 거의 알려진 게 없는 유병철 회장 댁의 가정 환경.

보통 가정의 화목한 저녁 시간처럼 보였다.

딸 친구가 저녁 식사를 위해 요리를 하고 있는 것은 상상 밖이지만 말이다.

밖에서는 대기업 회장과 그 안주인으로 통했지만 가족을 맞고 반기는 풍경은 그냥 보통 부모와 전혀 달라 보이지 않 았다.

"민아, 우리도 인사하고 올까?"

"아니! 요리는 조리할 때 타이밍이 중요해. 요리가 끝날 때까지 자리를 비우는 건 있을 수 없어!"

"아, 알았어."

마지막 남은 요리는 이탈리아 요리 중 우리의 집 밥이라 할 수 있는 스파게티다.

'봄 채소 스파게티를 만들어 주지.'

냉장고 한쪽에 쌓여 있는 아스파라거스, 깐 마늘, 피망, 파슬리, 취나물 등을 이용해 싱그러운 채소 스파게티를 선보여볼 생각이다.

내가 오늘 내놓을 주방장 특선 요리.

정신을 집중했다.

냉동실에 있던 닭을 삶아 육수를 빼놓은 게 있어 시간은 그리 오래 걸리지 않는다.

대용량 스파게티 냄비의 물이 끓고 있다.

타다다닥.

살짝 거짓말 좀 보태 손이 보이지 않을 만큼 빠른 속도로 아스파라거스와 취나물 등을 다듬었다.

스윽스윽.

마늘은 얇게 편을 썰고 송이버섯 역시 먹기 좋은 한입 크기로 잘랐다.

"예린아! 수프는 저쪽으로 치워놓고 거기 메추리알 껍질 좀 벗겨줘."

"웅!"

유 회장의 퇴근을 알았음에도 얼굴을 내비치지 못하고 보조일에 충실하고 있는 유예린.

"아니, 집 안 가득 이게 무슨 냄새요?"

"킁킁… 냄새가 이탈리아 요리 같은데……. 오늘은 양 주방장님이 이탈리아 요리를 만드세요?"

"아니란다~ 호호, 예린이 친구가 우리 가족을 위해 특별히 저녁을 준비하고 있어."

"어머~ 그 얘기만 들었던 그 예린이 친구요? 누굴까?"

"아빠~ 인사는 잠시 뒤에 할게요~ 죄송해요. 언니! 들어오면 안 돼!"

현관의 어수선한 대화 소리에 귀를 기울이던 예린이.

손으로는 메추리알을 까고 얼굴은 주방 밖을 향해 소리쳤다.

"싫어~ 난 보고 싶어. 우리 예린이 마음을 훔쳐가서 몇 년 동안 까칠하게 지내게 한 주범이 누군지 말이야~"

'마, 마음을 훔쳐……?'

뭔가 대단한 오해들을 하고 계시는 듯한 예린이네 식구들.

사박사박.

슬리퍼 끌리는 소리가 가까이 가까워졌다.

"언니!"

예린이는 날카로운 목소리로 언니를 외쳤다.

그리고…….

"어머~ 뒷모습 아주 예술이네~"

요리에 집중하고 있던 나의 등 뒤에서 들려오는 가는 소프라노 음성의 상큼한 목소리.

그리고 느껴지는 따듯하다 못해 뜨거운 눈빛.

'좌우지간 이놈의 인기는…….'

뒷모습만으로도 예술이라는 소리를 들을 정도로 인기가 좋은 나.

스윽.

목소리가 들리는 쪽으로 고개를 천천히 돌렸다.

나 역시 목소리의 주인공이 궁금했다.

예린이 언니로 시집은 갔지만 오성그룹 차기 계승자 서열 2위로 주목을 받고 있는 여성의 모습은 어떤지 말이다.

제7장
다들 행복하십니까?

마스터K

'오호, 이 괜찮은 누님이 예린이 언니?

예린이와 절묘하게 닮은 듯하면서도 또 다른 얼굴을 하고 서 있는 여인.

이목구비는 자매인 듯 비슷했지만 키가 예린이보다 살짝 작아 보였다.

"어머! 이럴 땐 뭐라고 하니? 웁스? 정말 멋진데~ 호호. 예린이가 공부 머리만 있는 게 아니었네~ 남자 보는 눈도 있는 거 보니까 말이야!"

'분위기가 꽤 다르다.'

밝고 경쾌한 목소리에 환하게 웃는 모습이 꽤 명랑한 성격의 소유자 같았다.

순식간에 나를 위아래로 빠르게 훑고는 여느 여인들처럼 다다다 신공을 펼치며 일갈을 내뱉었다.

나이는 이십대 후반 정도.

사실 쭉쭉 빵빵 스타일의 누님은 아니었다.

내 주변에 있던 여성들과는 좀 다른 스타일의 누님.

세라나 세아, 단비 등 한국 고등학교 미녀 선생님들과 비교하면 평범한 축에 속했다.

하지만 그런 외향적인 모습과 달리 분위기가 살아 있었다.

대한민국 갑부 서열 1위 집안의 맏딸답게 전혀 그림자가 보이지 않고 밝았다.

목소리 톤 역시 예린이와는 다르게 하이톤에 가까웠지만 전체적인 분위기는 부드러웠다.

윤라희 여사를 많이 닮은 듯 달걀형 얼굴로 미인형이었다.

상체보다 하체 비중이 훨씬 길어 보이는 체형으로 예린이보다 분명 작은 키였지만 혼자 두고 보면 늘씬하고 커 보였다.

한눈에 봐도 부티 나는 분위기.

은색 가죽 벨트에 시원하면서도 품격 있어 보이는 느낌의 검정색 투피스 차림이다.

큰 키가 아님에도 불구하고 거의 나무랄 데가 없는 비율의 바디 라인은 전혀 유부녀로 보이지 않았다.

이제 갓 대학을 졸업한 사회 초년생 정도의 느낌이랄까.

피부도 하얗고 고운 데다 얼굴이 작아 동안으로 보였다.

단지 눈썹이 유난히 짙어 좋게는 자신감이 넘치는 느낌을 줬지만 실제로는 고집이 셀 것 같았다.

"안녕하십니까. 예린이 친구 강민이라고 합니다. 이렇게 직접 보게 돼서 영광입니다."

고개를 꽉 숙이며 제대로 인사를 했다.

아직 알 수는 없지만 윤라희 여사에 이어 집안에서 상당한 파워를 행사할 포스가 느껴졌다.

"반가워요~ 유예성이라고 해요~ 앞으로 자주 볼 것 같은데 말 놓고 편하게 대해도 되겠지?"

'호오, 성격 한번 화끈하시네.'

"네, 누님이신데요. 편하게 대하십시오."

간혹 유병철 회장과 여러 중역들에 텔레비전에서 보였던 인물이다.

그때는 샤프한 도시녀 같은 이미지가 강했는데 사석에서 보게 돼서 그런지, 말도 편하게 하고 자유스러운 분위기를 유도했다.

"그래, 그럼 편하게 지내자."

"감사합니다!"

"와아, 이게 무슨 냄새야? 예린이가 요리 잘하는 친구라고 그러더니 정말인가 봐?"

마침 저녁 식사 시간대라 한참 출출할 시간.

홀린 듯 주방으로 들어와 갖은 요리 냄새에 정신을 빼앗긴 채 감탄을 하는 예성 누님.

신분이 대기업 중역에 유부녀였지만 사회에서는 한창 맛집과 여행을 쫓아다니는 사람이 더 많은 나이대.

"이탈리아 요리야. 엄마가 특별히 부탁했어."

예성 누님과 순식간에 어색함없이 친해지는 듯하자 그새 입이 삐죽 튀어나온 예린이가 퉁명스럽게 말을 내뱉었다.

"이탈리아 요리? 보기에는 쉬워 보이지만 어려운 요리인데……."

말끝을 흐리며 주방에 차려진 완성된 요리들과 상황을 파악하는 예리한 눈빛.

"스파게티만 마무리하면 됩니다."

"도와줘?"

"아닙니다. 예린이로 충분합니다."

"언니, 요리에 방해돼. 어서 나가 있어."

"어머~ 니가 웬일이니. 집에서는 라면 하나도 못 끓이면
서~ 친구 앞이라고 지금 요리사 행세하는 거야? 호호호."

"언니!"

'역시 자매들은 어딜 가나 똑같군.'

짧은 순간 오가는 대화 속에서도 서로를 견제하려는 갖
은 몸부림이 여실히 드러나 보였다.

처음 세아 누나와 세라도 이 모습과 전혀 다르지 않았었
다.

"강 군~ 나 퇴근했네~"

주방에 있으면서도 인사를 하러 얼굴을 비치지 않자 거
실 쪽에서 유 회장님이 들으란 듯이 인사를 해왔다.

집안에서는 다정다감한 보통 아버지인 듯했다.

"오셨습니까, 회장님. 죄송합니다. 잠시만 기다리십시
오."

인사를 건네지 않자 한 번 안면이 있다고 강군이라 편하
게 부르는 유 회장님.

티브이에서 보이던 근엄한 모습은 전혀 나타나지 않았
다.

"그래그래. 수고하게."

"여보 먼저 옷부터 갈아입으세요. 염 비서님도 앉으세
요."

"알겠습니다, 사모님. 저는 신경 쓰지 않으셔도 됩니다. 잠시… 손 좀 씻겠습니다."

서로 왕래가 잦은지 한 가족을 대하듯 편하게 대화가 이어졌다.

"그럼 나도 좀 있다 볼까~ 맛있는 요리를 먹으려면 말이야~ 호호호호."

보기보다 성격 좋은 예성 누님이 눈을 찡긋하며 주방을 벗어났다.

"흥! 시집갔으면 일부종사해야지. 왜 윙크질이야!"

예성 누나에 대해 감정이 별로인지 예린이의 심술 강도가 점점 높아지고 있었다.

'에휴, 3년을 설악산에서 썩고 나왔는데도…….'

3년 전이나 오늘이나 별반 달라진 게 없는 나에 대한 예린이의 마음.

더욱이 상남자로 돌아온 나의 인기는 한층 더 높아진 듯하다.

'어찌 이 몸의 인기는 식지를 않는군.'

아무리 그렇다 해도 나는 관심이 없었다.

예성 누님이 전설적 미인인 양귀비와 서시의 뺨을 날릴 만큼 어여쁘다 해도 지금으로서는 관심 밖의 일이다.

양 도사 말대로 세상은 넓고 그 넓은 세상을 채운 인류의 반절은 여자가 아닌가.

게다가 임자있는 분들 말고 임자도 없는 싱글들이 얼마나 많은 세상인가.

굳이 유부녀와 썸씽을 만들어 총각 인생 골로 보내고 싶지는 않았다.

난 법치를 존중하는(?) 평범한 대한민국 소시민의 사고를 지녔을 뿐이다.

"자자~ 착한 주방 보조님. 어서 마무리하지요~ 손님들 다 왔습니다."

"예썰~ 캡틴!"

심각할 것 없는 이 분위기에 잔뜩 골이 난 예린이의 비위를 맞춰주었다.

그러자 소녀처럼 입술을 쏙 집어넣고 웃으며 거수경례를 하는 예린이.

어엿한 아가씨 티가 났다.

3년이란 시간이 소녀였던 예린이를 여인으로 변모시킨 것만은 분명했다.

'그래 바로 이게 사는 맛이야! 움하하하!'

"하하하, 캡틴? 좋은데? 자, 마무리하자!"

"웅!"

사람이 왜 죽어서도 다시 사람으로 태어나고 싶어지겠

는가.

일한 만큼 벌어 남자로서 예쁜 마누라에 토끼 같은 자식들 얻어 백년해로 하는 꿀맛 같은 인생 다시 한 번 살고 싶어서가 아니겠는가.

환하게 웃는 예린이의 모습을 보는 것만으로도 흐린 날 먹구름이 개이듯 기분 좋아지는데 나와 인연한 연인이라면 얼마나 행복할까 하는 생각이 절실했다.

확실히 성숙한 여인의 모습이 눈에 띄는 예린이다.

예린이가 움직일 때마다 미세하게 코끝을 스치는 향긋한 체취가 나의 뇌리에 스며들고 있었다.

아마 이 시간쯤이면 설악산 집에서도 한바탕 난리가 났을 것이다.

배고픈 것을 가장 싫어하는 하이에나 한 마리가 미친 듯 뛰어다니며 나를 찾고 있을 게 뻔하다.

'내 남은 인생에 있어… 다시는 설악산 없다!'

절대 오줌작대기도 동쪽으로는 세우지 않을 것이다.

그날 잠들었다 그대로 저승문을 지난다 하더라도 동쪽으로 머리를 두고 자지도 않을 것이다.

풍수학적으로 동쪽이 행운과 희망을 예시하는 방향이지만 나에게만은 오로지 한과 저주의 방향이었다.

나의 해는 분명 서쪽에 뜰 것이다.

'강민이라…….'

촤아아악.

국내에서 좀 산다는 집 안에는 한두 개쯤 설치되어 있는 황금 수도꼭지에서 물이 콸콸 쏟아졌다.

그것도 화장실에.

공간 면적은 약 10여 평 정도 되는 적당한 크기의 화려한 화장실이다.

검정색 대리석 바닥에 유백색 대리석 벽체가 고급스럽게 조화를 이루었다.

투명한 통 유리를 사이에 두고 심플한 세면대와 샤워 부스가 설치돼 있다.

그리고 시선을 피해 놓여 있는 최고급 비데까지.

강남에서 좀 산다는 집안들과 크게 차이가 없는 스타일이다.

그나마 눈에 띄는 차이점이 있다면 맞춤으로 제작해 달아놓은 황금 수도꼭지.

사는 집들 중에서도 좀 더 사는 집에서나 볼 수 있는 물건이다.

적어도 1킬로그램 이상의 황금을 녹여 특수 제작한 게 확실한 황금 수도꼭지는 그나마 이 저택이 평범한 가정이 아니라는 것을 보여주는 예였다.

주식 가치만 해도 수조 원대.

한 해에 굴리는 기업 순이익이 100조에 가까운 오성그룹
이다.

그런 그룹의 총수와 그의 가족들이 생활하는 공간이니만
큼 이 정도는 사치라고 할 수도 없었다.

좌라라락.

유병철 회장의 호출로 하던 일도 미뤄두고 나왔다.

염홍철이 맡은 비서실장 자리는 여느 회사의 같은 직함
과는 차원이 달랐다.

오성그룹 총괄 기획 비서실장.

평범하게 불리는 직함과는 달리 하는 일들은 직책과 무
척 어울리지 않는 자리였다.

실상은 수십 개가 넘는 계열사 사장과 상무급 이상의 임
원들에 대해 평가하고 승진 유무까지 체크하는 최종 보고
권을 행사하고 있었다.

게다가 감찰실을 비롯해 정보 분석팀을 휘하에 두고 있
어 오성그룹의 핵심부서 역할을 다해왔다.

대한민국 정부 시스템에 비교하면 염홍철은 총리급 인사
나 마찬가지다.

더욱이 작금의 세계경제 상황은 경재 흐름을 주도하는

공이 어디로 튈지 모를 만큼 불확실성이 넘치는 시절.

달러와 엔화, 그리고 유로화 같은 기축 통화국들의 과도한 종이 화폐 발행으로 인해 세계 각국의 금융기관들의 행보에 주목해야 하는 중요한 때다.

거의가 국외 자금으로 경영되고 있는 국내 기업들과 대한민국 정부.

수출로 먹고산다고 해도 과언이 아닌 국내 유수기업들에 있어 몇십 원의 환율 변동은 기업 손익에 엄청난 파장을 가져온다.

하루에도 몇 번씩 큰 파도를 일으키기 전처럼 요동치는 환율.

차세대 성장 먹거리를 찾기 위해 백방으로 모색하고 있는 그룹의 수뇌부 지원까지 관여하지 않는 부분이 없었다.

거기에 더해 최근에는 새로 들어선 정부의 압력으로 국가 위기에 봉착했을 때 풀기 위한 비축 자금 사용 여부를 놓고 고심하고 있었다.

염홍철은 간단한 저녁 식사 자리에 초대되어 황금 수도꼭지에 손을 씻고 있는 자신이 답답했다.

그룹에 산재한 문제가 한두 가지가 아니다.

하지만 이 모든 일들이 유병철 회장과 그룹에 필요한 자신의 행보라는 것을 기억하려고 애썼다.

그룹의 모든 일을 혼자 해결하는 것은 아니지만 유병철 회장의 신임을 받고 있는 만큼 움직여야 하는 입장.

얼마 전 오렌지사와의 특허 분쟁으로 1조 원이 넘는 배상 금이 책정되었다.

그에 반격하기 위해 적잖은 특허 소송이 준비되어 있는 상황이다.

매일 야근을 불사하고 있지만 시간은 늘 모자랐다.

이런 상황에서 만사 제치고 퇴근해 밥을 같이 먹자고 했 던 유병철 회장.

선약까지 취소하고 급하게 집으로 차를 돌렸다.

그렇게 도착한 오성그룹의 저택.

분명 3년 전 사라졌던 그 강민이 주방에서 요리를 하고 있었다.

당시 유병철 회장이 각별히 신경 써줄 것을 당부했던 예 린 아가씨의 남자 친구다.

그런 그가 요리사가 돼서 나타났다.

소리 소문도 없이 사라졌을 때 대한민국 국민이면 모두 가 알았을 만큼 대단한 사건을 쳤다.

가뜩이나 영웅심이 발동하기 좋은 시대에 세상에 던져진 영화 속 주인공 같았던 소년.

각종 언론과 사회를 떠들썩하게 한 조직폭력배들을 상대

로 여중생을 구했던 한국 고등학교 재학생 강민이었다.

유병철 회장의 지시로 강민에 관한 정보들을 수집하면서 알게 된 몇몇 가지 사항만으로도 염홍철은 강민을 예사롭지 않게 생각했었다.

뿐만 아니라 설악산에서 한민족 고유 무술을 수련했고 더욱 놀라운 것은 부모형제도 없이 보육원에서 자랐음에도 누가 봐도 인정할 만한 모범생이었다는 사실이었다.

짧은 기간에 골프를 비롯 각종 스포츠에서도 재능을 인정받았다.

유병철 회장의 말로는 회장님의 직접적인 제안을 거절했을 만큼 강단있는 소년이라는 것이다.

활짝 열릴 것 같았던 소년의 앞날이었다.

그런 그가 남파된 조직적인 간첩들과 연루되었고 이후 모습을 감췄다.

이후에도 그룹 정보실 정보력 이용해 관심을 갖고 찾았지만 소식은 쉽게 접할 수가 없었다.

누구나 알게 된 사실 하나가 고작이었다.

설악산 스승을 따라갔다는 것.

그 정보를 기반으로 설악산 토박이들을 수소문해 알게 된 최근의 정보가 화채봉 쪽이 수상하다는 정도였다.

그것을 끝으로 염 비서는 강민에 대한 보고를 더는 받지 않았다.

그룹에 관련한 일을 처리하는 데만도 일이 넘쳤다.

여러 사건 사고들 때문에 더는 신경을 쓸 여력이 없었던 것이다.

하지만 유 회장의 각별한 관심과 시간이 꽤 지났음에도 강민에 대한 미련을 버리지 못하고 있던 예린 아가씨 때문에 따로 정보실이 가동됐다.

'도대체 어쩔 생각이신 건가. 내가 알고 있는 것이 전부가 아닌가? 아무나 집에 들이시는 분들이 아닌데.'

윤라희 여사는 가족 울타리 안에서는 놀라울 만큼 자유분방한 사고를 보이는 인물이다.

하지만 집 밖에서는 전혀 그렇지 않았다.

윤라희 여사를 제대로 겪어보지 못한 사람들은 가까이 접근하기 부담되는 인물.

까칠하다 못해 도도함의 극치를 달리는 오성그룹 회장 사모님일 뿐이었다.

가족들의 사생활 공간이었기 때문에 대단한 친분이 있지 않고서는 오성그룹 사택에 들어올 수 없었다.

하물며 저택을 경비하는 경비원들도 일정 구역 이상 선을 넘어 들어올 수 없다.

유병철 회장의 최측근 오른팔이라 할 수 있는 염홍철 역시 일 년에 겨우 몇 차례 왕래할 수 있을 정도다.

그런 환경의 이 가족의 울타리 안에 강민이 들어와 있다.

그것도 아주 쉽게 오성그룹의 패밀리들과 섞였다.

유병철 회장님의 식성은 까다롭지 않지만 윤라희 여사는 달랐다.

세계적 부를 쌓은 기업인의 안주인답게 윤라희 여사는 웬만한 기업인이 인정할 만큼 대단한 미식가였다.

그런 분의 주방에서 강민이 요리를 하고 있는 것도 놀라웠다.

윤라희 여사는 오성호텔 주방장을 직접 테스트해 뽑을 만큼 요리에 있어서는 더욱 냉정한 분이다.

'뭔가… 있군.'

그냥 주방을 내주었을 리 만무했다.

'닥치면 알게 되는 것도 있으니까'

그간 겪어보지 않았던 상황에 여러 가지 궁금증이 염홍철의 머릿속을 복잡하게 했다.

이름과 갖은 정보만으로 접한 강민.

지면을 통해 얼굴을 본 적은 있지만 직접 만난 적은 없었다.

유병철 회장님이 자택에 들어왔음을 분명히 알았음에도 불구하고 모습을 내비치지 않았다.

그 무례에도 허허 웃으며 가볍게 넘긴 유병철 회장.

평소에는 전혀 상상할 수 없었던 모습임에는 분명하다.

스륵.

쪼로록.

쏟아지던 물줄기가 멈추었다.

사사삭.

걸려 있는 새하얀 타월에 손을 닦았다.

유 회장이 각별히 신경을 쓰며 지켜보던 소년.

염홍철은 직접 확인하고 싶어졌다.

세상을 그토록 떠들썩하게 했던 소년 강민이 그렇게 대단한 재목인지, 더불어 유병철 회장의 안목 역시 아직 살아 있는지 평가해 보고 싶었다.

"식사 준비 끝났어요~ 어서 오세요~!"

그때 화장실 밖에서 들려온 예린 아가씨의 경쾌한 목소리.

3년 동안 거의 들어보지 못했던 기운찬 목소리다.

고등학교 때 짝사랑하던 친구를 잊지 못하고 지내던 예린 아가씨의 생기없던 목소리가 아니었다.

듣기 좋은 하이톤의 유쾌한 목소리.

저택의 기운이 생기로 가득 차는 듯한 느낌이 들었다.

타다다닥.

전혀 무게감이 느껴지지 않을 만큼 가볍고 질 좋은 유백색 둥근 접시.

맛깔스럽게 담긴 스파게티를 가장 먼저 내놓았다.

그리고 따끈따끈 김을 피워 올리는 먹음직스러운 샛노란 호박 수프.

본 재료의 신선함과 향미가 느껴지는 버섯 샐러드와 생선의 왕자라 불릴 만한 도미요리 까르도치오.

그리고 서운하게 남아 있을 허기를 약간 달래주는 선에서 맛볼 수 있는 브루스케타 룽가.

마지막으로 이탈리아의 수제비라고 말할 만한 국민 요리 말파띠가 순서대로 널찍한 식탁에 차려졌다.

짧은 시간 동안 나름대로 조화를 이루며 완벽하게 차려낸 이탈리아 특선 요리들.

'흐음~ 완벽해~'

내가 봐도 흐뭇했다.

3년 동안 누려보지 못했던 요리의 호사.

서양 요리의 정점이라 할 수 있는 이탈리아 요리를 조리해 냄으로써 완벽한 만족감을 맛보았다.

"어머~ 벌써 다 된 거야?"

처음부터 거침없이 보였던 호의를 여전히 감추지 않는

예성 누님.

"하하, 강 군. 미안하네. 집사람이 좀 못 말리는 구석이 있어서 말이야."

남색 카디건을 걸치고 편안한 옷차림으로 모습을 보인 유 회장님.

3년 전과 별 다르지 않은 인상으로 여전해 보였다.

"음……."

유병철 회장의 뒤를 따라 주방으로 들어서는 윤라희 여사.

식탁에 차려진 음식들을 흘낏 쳐다보더니 작은 신음을 흘렸다.

나를 테스트하기 위해 갑작스럽게 요리를 요구한 시험 주관자.

"회장님과 사모님 덕분에 입이 호사를 누리겠습니다."

그리고 그 두 사람을 따라 들어오는 한 남자.

'저 사람이 염 비서군. 평범해 보이지 않아.'

염 비서는 입가에 미소를 머금은 채 편안한 인상으로 들어섰다.

언뜻 보기에는 평범한 회사원처럼 보였지만 기감이 달랐다.

강남 거리를 지나다 보면 흔하게 스치는 엘리트의 전형

적인 샤프하고 중후한 첫인상을 남기는 남자다.

"세상천지 갈 곳 없는 저를 이렇게 초대해 주시고 환대해 (?) 주셔서 몸 둘 바를 모르겠습니다."

나는 고개를 꾸벅 숙여 유병철 회장님께 제대로 인사를 했다.

한참 요리를 할 때에는 하던 일을 멈출 수 없어 실례를 했지만 본래 나는 그런 사람이 아니었다.

"괜찮아, 괜찮아. 요리를 하다 보면 그런 거지. 하하하하."

"어머니 부탁으로 차린 저녁이지만 부족하나마 최선을 다했습니다. 맛있게 드셔주십시오."

초면이기도 하고 윤라희 여사의 속내를 아직은 모르는 상황.

나는 입가에 활짝 웃음을 띠고 윤 여사를 바라보았다.

적당히 겸손하고 또 적당히 자랑도 섞어서 감사를 표한 것이다.

예린이가 오늘 모험을 감행하지 않았다면 나는 아직 설악산 하계신선루 좁은 부엌에서 양 도사의 저녁을 준비 중일 것이다.

이렇게 큰 저택에서 다 갖춰진 주방을 사용할 수 있었던 것만으로도 큰 영광이었다.

세상에 나온 뜻깊은 날 나의 요리를 맛보는 사람들이 대오성그룹의 식구들.

　예린이가 아니었다면 아무리 오성그룹의 안주인이라 해도 나의 음식을 공짜로 맛보는 것은 힘든 일.

　"맛있어 보여요~ 호호. 회장님과 예린이가 요리 솜씨가 꽤 좋다고 하더니 이렇게 맛볼 수 있게 돼서 다행이야~"

　흠칫 놀란 눈빛은 금세 감춰 버렸다.

　그리고 아무렇지도 않은 듯 차려진 요리들을 칭찬하고 나섰다.

　"갑자기 연락을 받았네. 자네 요리를 맛볼 수 있다는 생각에 내 한달음에 달려왔지. 자자 다들 앉지!"

　"와아! 이거 브루스게따 아냐? 나 엄청 사랑해~"

　"피이, 언니가 싫어하는 것도 있어?"

　"무슨 소리니~ 나도 맛없는 건 별루란다~"

　본래 앉던 자리들이 있는 듯 둘러앉아 차려진 요리에 대한 품평도 하며 즐겁게 대화를 나누는 예린이네 가족들.

　보통 때 집안 풍경이 이런 분위기인 듯하다.

　그래서 3년 전 예린이가 여름휴가 때 나에게 자신의 가족들과 휴가를 보내자고 말했었던 것이다.

　외부에서 보는 것과 달리 그렇게 특별할 것도 없는 가족들 간의 오붓한 저녁 식사 시간.

'이렇게 사는 분들은… 전생에 거지들을 먹여 살렸던 걸까?'

대한민국의 경제 흐름을 주도하고 부를 축적해 최상의 윤택한 삶을 누리는 이들 중에서도 단연 최고인 오성그룹.

내 삶의 공간은 아니지만 흐뭇하면서도 살짝 그들의 누리는 삶의 모습이 부럽기도 했다.

그것은 현생에 누리는 삶이 결코 이 생에 한정된 것이 아니라 전생부터 이어지는 복임을 알기에 부러운 마음이 드는 것이리라.

"식기 전에 어서 드십시오. 대부분 요리들은 기가 화기에 배어 있을 때 드시는 게 좋습니다."

"어머~ 신문에 나온 기사가 사실인가 봐. 진짜 산에서 수련했던 거야? 나이도 아직 어린데 그렇게 말하니까 이상해."

"뭐가 이상해? 민이가 얼마나 특별한 친구인 줄 알아?"

보통 사람들이 쓰는 용어와는 사뭇 다른 말을 섞어 쓰자 예성 누님이 눈을 동그랗게 뜨며 호기심을 보였다.

이에 질세라 예린이가 반격하고 나섰다.

스윽.

딸깍.

"아니, 이건 왜……."

지문 하나 묻지 않은 은빛 찬란한 최고급 포크를 막 들려는 찰나.

가지런히 자른 김장 김치를 담은 접시를 식탁에 올렸다.

"저희는 한국사람 아닙니까. 아무리 이탈리아 요리가 메인이지만 김치가 빠지면 섭섭하지요."

김치는 우리 조상들의 지혜와 맛이 함께 곰삭은 발효음식 중 대표 주자다.

북경루에서 요리를 내놓을 때도 김치는 기본 반찬으로 제공했다.

중국인 손님들이 올 때를 제외하고는 늘 김치는 중식당에서 곁 반찬으로 내놓았다.

그것도 중국산 싸구려 부재료들을 써서 담근 김치가 아니라 국산 배추에 칼칼한 태양초 고춧가루를 써서 제대로 만든 한국의 김치.

서해안 멸치 액젓을 공수 받아 팔팔 끓여 걸러낸 후 며칠을 식혀 맑은 액젓만을 사용했다.

고급 중식당일수록 기본 반찬에서 김치가 빠지기 일쑤다.

하지만 내가 북경루 주방에서 일할 때는 기본 반찬은 보통 노란 무와 짜사이가 제공되었고 꼭 김치도 함께 내놓았다.

노란 무와 김치를 내놓으면 품격이 떨어진다고 여기는 고급 중식당들이 있기도 하다.

물론 단가를 맞출 수 없는 게 가장 큰 이유이기도 하다.

하지만 북경루에서는 한 번도 김치를 소홀하게 담근 일이 없었다.

그것 때문에 대박이 났는지도 모른다.

국내 귀빈들을 위한 작은 배려.

모든 음식 장사의 기본은 손님을 배려하는 데서부터 시작하는 것이다.

그 기본을 지킬 때 성공은 그 뒤를 이어 자연스럽게 이루어진다.

"하하, 고맙네. 사실 양식을 먹을 때 항상 생각나는 게 김치이긴 해."

전 세계를 상대로 비즈니스를 하는 유병철 회장의 근본도 신토불이 생산품.

이 땅에서 태어나 이 땅에서 난 것을 먹고 산 이상 김치를 싫어하는 사람은 따로 유전자 검사를 해볼 필요가 있을 것이다.

"민아, 너도 와서 앉아~ 요리 다 식겠어."

"그래~ 이쪽으로 와서 앉아~"

예린이의 말에 이어 예성 누나가 옆자리의 의자를 뺐다.

"언니! 거기는 형부 자리잖아!"

"뭐 어때~ 우리 달링 없는 자리에 잘생긴 총각 좀 앉혀 보겠다는데~ 그리고 이때 아니면 언제 저런 멋진 청년과 식사를 할 수 있겠니~"

'헐.'

분명 농담이겠으나 전혀 농담처럼 생각할 수 없는 예성 누나의 파격적 제안.

몸을 둘로 나누어 반쪽씩 앉을 수 있다면 좋겠지만 그건 불가능한 일.

"그래도 안 돼!! 민아, 자 이리 와. 여기 앉아."

예린이가 예성 누님의 시선을 무시하며 자신의 옆자리 의자를 가리켰다.

"호호. 그래 예성이 옆자리는 사랑하는 우리 사위 자리니 예린이 옆에 앉게."

"쩝……."

두 자매의 실랑이를 보고 있던 윤라희 여사의 교통정리로 나의 자리가 결정되었다.

사실 나도 꽤 배가 고팠다.

설악산에서 출발해 고속도로를 달리다 중간에 들러 미친 듯 쓸어 담은 게 다였다.

그것도 정성과 맛은 거의 밑바닥 수준의 음식들.

허기진 나의 기를 채울 수 없어 텅 빈 위를 채우는 데 주력했던 음식 쓸어 담기였다.

내가 만든 음식들은 기본이 기를 써서 조리하는 것이다.

그래서 아무리 허하고 기력이 없다가도 내가 차려낸 음식을 먹으면 금세 기운을 회복하는 일이 잦다.

그런 내 손으로 만든 정성이 가득 들어간 요리를 보자 허기로 부피만 차지하던 위 속의 음식들은 종적을 감추고 금방 꿀럭꿀럭 요동을 쳤다.

"감사합니다."

딸깍.

식탁 가득 준비한 음식이 다 차려졌다.

스륵.

주방 모자를 벗어 놓고 나는 예린이 옆자리에 앉았다.

총 6인분으로 세팅된 요리.

"자, 그럼 한번 맛을 보도록 합시다."

오성그룹의 총수이면서 한 집안의 가장인 유병철 회장이 먼저 포크를 들고 수북이 쌓아 담은 스파게티를 말았다.

"마늘향이 좋군."

묵히지 않은 신선한 마늘을 쓴 탓에 향긋한 마늘향이 은은하게 번지고 있었다.

"입맛에 맞으실지 모르겠지만 향이 좋은 취나물과 구운

마늘을 써서 느끼하지는 않으실 겁니다."

"알라 프리메베라 같은데… 루콜라 대신에 취나물을 사용했네……."

윤라희 여사가 스파게티를 유심히 보더니 입을 열었다.

'정식 이름까지 알고 계시네?'

봄 채소 스파게티의 정식 이름이 알라 프리메베라.

이탈리아 요리에 정통한 이가 아니고서는 대부분의 사람들은 관심도 없고 정확한 명칭을 알지도 못했다.

하지만 정확한 요리 명칭을 알고 사용하는 윤라희 여사.

"면발도 훌륭해. 적당한 탄성에 찰기도 품고 있어."

무슨 요리 시식 감평회 자리로 착각을 하시는지 가볍게 포크를 한 바퀴 말아 올리며 끊임없이 말을 하는 윤라희 여사.

후룩.

유병철 회장이 가장 먼저 입안에 스파게티 한입을 넣었다.

그리고 뒤이어 다른 사람들도 스파게티를 한입씩 맛보았다.

"음……."

"아……."

"으음."

입안 가득 한입씩 스파게티를 넣은 채 각종 신음을 흘렸다.

"마, 맛있어!"

역시 나를 가장 경외해 마지않는 예린이 입에서 탄성이 먼저 터져 나왔다.

"완벽해!"

그리고 눈을 꼭 감은 채 작은 입을 오물거리며 스파게티 면을 씹어 먹는 예성 누님.

완벽하다는 찬사를 보내왔다.

"스파게티가 이렇게 맛있었나?"

눈가에 흡족한 웃음을 띤 채 나를 바라보며 기분 좋게 묻는 유병철 회장님.

"…정말 놀라워. 어떻게 그 나이에… 이런 맛을……."

다른 사람들처럼 그냥 맛으로만 음식을 보지 않던 윤라희 여사.

미식가가 분명한 사모님 역시 탄성을 터뜨렸다.

'다들 행복하십니까? 앞으로 저를 쉐프 강이라고 불러주십시오~ 하하하하.'

나는 속으로 쾌재를 불렀다.

설악산에서 고작 할 수 있는 요리라는 것은 자연재료 그대로 내놓는 게 거의 태반이었다.

지지고 볶는다는 것은 본래의 진미를 누르고 인공적인 맛을 살리는 것이라며 자제케 했다.

물론 그런 과정 덕에 식재료가 갖고 있는 본래 향과 맛에 관해서는 일가견이 생기기도 했다.

하지만 오늘 이렇게 하산의 기쁨을 나의 요리 끝판으로 장식할 수 있어서 기분이 남달랐다.

윤라희 여사의 칭찬은 기꺼이 받아들이고 싶었다.

감히 누가 있어 나의 요리를 흉내낼 수 있겠는가.

나의 온 마음과 정성, 그리고 사랑이 충분히 담긴 요리.

맛을 보는 사람의 감동과 함께 제대로 씹어 먹어야 내가 만든 요리의 참맛을 느낄 수 있는 것이다.

제8장
한밤의 방문자

마스터K

'어떻게 이런 맛이 가능하지? 저 나이에⋯ 정통 조리 비법을 알지 못하면 제대로 맛을 낼 수 없는 게 이탈리아 요리인데⋯⋯.'

아무리 대단한 미각을 갖고 있다 해도 제대로 된 조리법을 알지 못하면 이탈리아 요리의 본토 맛을 내는 건 쉬운 일이 아니다.

출생부터가 남달랐던 윤라희.

부유한 집안에서 식복까지 타고 태어났다.

게다가 성인이 되어서는 누구나 부러워할 만한 대기업가

의 안주인 자리에 앉았다.

자타가 공인하는 타고난 복을 다 누리고 있는 여인임에
는 분명했다.

사는 동안 남다른 환경 속에서 자의와 타의에 섞여 대단
한 미식가가 될 수밖에 없었던 윤라희.

또한 남편을 보필하기 위해 세계 각국을 돌아다니면서
경험한 일류 요리의 세계.

세계 각국의 유명 요리 맛을 두루 보았던 그녀로서는 놀
라지 않을 수 없다.

장담하건대 미슐랭 쓰리스타급 쉐프들도 이 맛을 낼 수
없었다.

직접 두 눈으로 확인한 오늘 요리.

시간은 한정돼 있었고 그것을 잘 아는 윤라희는 간단한
것 같으면서 맛을 내기 쉽지 않은 이탈리아 요리를 주문했
다.

주방에 준비된 재료들을 살펴봤을 때 그나마 가장 손쉽
게 선택할 수 있는 메뉴였다.

평범한 식성을 가진 사람들에게는 생소하겠지만 워낙 이
탈리아 요리를 즐겨 먹던 윤라희 여사를 배려해 집안 요리
사들이 자주 준비하는 식재료들이었다.

물론 주방을 담당하는 요리사들도 손쉽게 할 수 있는 요

리를 주문했던 것은 사실이다.

그러나 맛이 달랐다.

분명 여느 때와 같은 식재료를 썼다.

그것은 윤라희 본인이 직접 강민이 도착하기 전에 주방을 살피며 확인했다.

그럼에도 불구하고 재료가 갖고 있던 신선도를 그대로 살리는가 하면 식감과 향미 또 시각적으로도 다 만족시켰다.

다른 종류의 식재료는 빠뜨리는 경우가 있어도 이탈리아 요리에 필요한 재료들은 늘 냉장고에 상시 준비되어 있을 정도로 윤라희는 이탈리아 요리를 좋아했다.

하지만 강민은 오늘 갑자기 초대한 사람.

아무것도 예상치 못했을 그런 청년에게 이탈리아 요리를 주문한 윤라희.

많은 시간이 걸리지도 않았다.

모든 걸 단시간에 파악해 요리에 사용했다는 것은 그만큼 강민의 능력이 받쳐준다는 사실이다.

윤라희 여사는 내심 속으로 많이 놀라고 있었다.

눈으로 보았을 때 이미 놀랐던 것은 사실이지만 맛까지는 장담하지 않았다.

그러나 맛 또한 상상하지도 못했던 예술적인 맛이었다.

3년 전 강남에 새로 오픈한 북경루라는 중식당에서 예린이와 함께 남편이 만나고 들어와 여러 차례 언급했던 이름이 강민이었다.

　이후에도 잠자리에 들면 가끔 어제의 일처럼 최근까지도 강민을 언급하며 칭찬을 아끼지 않았던 유병철 회장.

　한 번 시간을 내서 찾아갔지만 맛이 인상 깊을 만큼 뛰어나지는 않았다.

　물론 주문한 요리들을 강민이 했다는 것은 확신할 수 없다.

　이후 유병철 회장이 몇 차례 더 강민의 요리에 칭찬을 했지만 맛을 보고 와서는 크게 신경을 쓰지 않았다.

　당시 눈으로 직접 보지 않았기 때문에 요리를 한 사람이 강민이 아니었을 수도 있다는 생각은 했었다.

　예린이 친구이기 전에 한 사람의 재목을 분명하게 평가하고 있던 유병철 회장.

　그렇다면 어떤 형태로든 오성그룹의 일원이 될 수도 있다는 가능성이 농후하다.

　남편과의 결혼 생활을 아무 생각 없이 기업인의 부인 자리에 앉아 보낸 게 아니었던 윤라희.

　자신의 말 한마디가 적잖은 영향력을 갖고 있다는 사실을 잘 알고 있었다.

그런 강민의 요리 실력을 테스트했던 시간.

3년 전에도 이런 실력을 갖고 있었던 것이라면 유병철 회장의 칭찬이 헛일이 아니었던 것이다.

주방을 담당하고 있는 요리사도 감히 이 맛을 흉내 낼 수는 없을 것이다.

식재료가 갖고 있는 본래의 맛을 하나하나 제대로 살렸다.

강한 맛을 내는 향신료를 사용했음에도 자연재료와의 절묘한 맛의 조화를 이루어 입안에서 풍미가 가득 느껴졌다.

"스파게티 진짜 맛있네~ 호호, 이거 오성호텔 주방장님을 새로 영입해야 하는 거 아냐?"

유난히 반짝이는 포크를 들고 작은 입에 연신 스파게티를 말아 넣으며 칭찬을 거듭하는 유예성.

오성호텔 전무로 앉아 있지만 실제 사장도 그녀의 눈치를 보았다.

나이가 있어 전무 자리에 묶어두고 있지만 오성호텔과 외식 파트 쪽이 유예성에게 이어질 것을 웬만한 운영진은 다 알고 있었다.

"나는 이탈리아 요리는 느끼한 음식들 중 하나라고 여겼네. 민이 군 덕분에 오늘 아주 새로운 스파게티의 맛을 경험해 보는군. 특히 이 구운 마늘의 향이 아주 좋아."

평소에도 음식을 가리는 편은 아니지만 최근 이런저런 굵직한 사건들 때문에 스트레스로 유병철 회장의 입맛이 떨어져 있었다.

그것은 누구보다 윤라희 여사가 잘 알고 있었다.

그런 그가 입에 침을 튀겨가며 극찬을 했다.

루꼴라 대신에 한국인의 정서에 익숙한 취나물을 쓴 강민의 센스가 엿보이는 메뉴다.

그리고 보통 쓰는 소스와 달리 단백하게 구운 마늘향이 골고루 퍼져 있는 알라 프리메 베라 스파게티.

"저도 이렇게 맛있는 스파게티는 처음입니다."

염홍철 역시 칭찬을 거든다.

외국에 나가 유학 생활을 꽤 오랫동안 했던 염홍철 비서의 입맛까지 사로잡은 듯 감동의 눈빛이 여실했다.

"엄마! 민이 요리 솜씨 죽이지?"

이런 자리에서 예린이가 가만히 있을 리 없다.

지난 3년 동안 입에 민이라는 이름을 달고 살았던 유예린.

열병을 앓듯 민이에 대한 생각에 사로잡혀 지냈었다.

"맛있구나."

천하의 미식가인 윤라희 여사도 인정할 수밖에 없는 강민의 요리 솜씨.

"말파띠도 드셔 보십시오. 여기 내놓은 음식은 모두 처음 선보이는 요리들인데 맛있다고 해주시니 기분이 참 좋습니다. 자신감도 생기고요."

"······!!"

"처, 처음?"

"네~ 아무래도 식재료들 값이 만만치 않다 보니 그냥 상상으로만······."

"으음······."

"······."

처음 해보는 요리라는 말에 모두 분주히 움직이던 손동작이 그대로 멈추었다.

거짓말 같은 사실에 어안이 벙벙해진 것이다.

일류 요리사들이 한 가지의 음식 맛을 내기 위해 수십, 수백 번씩 연습하고 또 연습하는 것은 누구나 예상하는 스토리다.

시행착오 끝에 자신만의 레시피를 얻게 되는 일은 당연한 순서.

그런데 평소 상상만 하던 요리였다는 말에 모두 할 말을 잃었다.

물론 음악에도 절대음감이 있는 것처럼 절대 미각도 있다는 사실은 잘 알고 있다.

하지만 그 전설적이고 천재적인 미각을 갖고 있는 사람이 바로 눈앞에 있는 강민.

그렇다면 유병철 회장이 이미 그것을 알아보았다는 것인가.

"이거 토픽감 아니야? 그럼 상상 속에 있는 음식들을 레시피도 없이 또 연습도 없이 이렇게 만들어 낼 수 있다는 말이잖아. 어머머머, 요리를 코칭해 주는 사람도 하나 없이??"

오성호텔의 각 파트를 두루 관리하는 전무 유예성의 눈빛이 번뜩였다.

"해보지 않아서 다는 아니겠지만… 레시피가 없지는 않습니다. 국내외 요리 서적의 레시피들을 섭렵해 놓은 덕이지요."

"섭렵? 외웠다는 말이야?"

"언니! 민이 아이큐가 170이 넘는다고 내가 말했었잖아. 뭘 들은 거야?"

"아!"

"그거 참 정말 머리 하나는 부럽군. 하하하."

"저도 150인데 저는 비교도 안 되는군요. 말로만 듣던 천재를 이렇게 보는군요."

아이큐 150도 대단한데 강민은 170 이상이다.

그의 앞에서 염홍철이 살짝 고개를 숙이며 인사를 한다.

"요리는 머리로 하는 게 아니에요. 대부분 머리 좋은 사람들은 이성적이죠. 하지만 이성보다 감성, 특히 요리를 함에 있어 기본적인 존중과 예의는 다른 사람들보다 더 남달라야 하지요."

요리에 있어 해박한 지식을 소유한 윤라희.

머리 좋다고 요리를 잘하는 건 아니라고 쐐기를 박았다.

그것은 강민을 누르기 위한 것이 아니라 윤라희 여사만이 강민의 요리에서 특별한 기운을 느꼈기 때문이었다.

"제대로 보셨습니다, 어머니."

강민은 윤라희 여사를 바로 보았다.

"아마 설악산 정기를 지난 3년, 아니 6년 동안 제대로 흡수한 저의 기를 느끼셨을 겁니다."

"그래요?"

"사나이 호연지기를 가슴에 품고 살았으니 요리에서도 그 기운이 느껴지는 것이지요. 드셔보셨겠지만 제가 하는 요리는 사람의 원기를 회복하고 생기를 재충전해 주는 역할을 합니다. 생명 기운의 결정체라고 말해도 과언은 아닐 것입니다."

대단한 자신감을 내비치는 강민.

거짓이 아니라는 것은 음식을 먹고 있는 모두가 느끼고

있는 사실.

그의 말처럼 입안에서 씹히고 식도로 넘어가는 음식들에서 기분 좋은 맛이 느껴졌다.

평소 먹던 음식들의 식감과 향미와는 전혀 다른 그 무엇.

"브루스케타 좀 건네주겠니?"

"넵!"

자리에 앉아 자연스럽고 쾌활하게 접대를 하는 강민.

그의 거침없는 행동과 자유스러움에 오랜만에 식당 가득 묘한 활기가 넘쳤다.

사실 이렇게 단란하게 모두 모여 식탁에 앉은 게 얼마만인가.

기분 좋은 저녁 만찬임에 분명하다.

알 만한 사람은 모두 아는 요즘 오성그룹의 실정.

그룹 전체적으로 사정이 썩 좋은 편이 아니었다.

외부적으로는 최대 순이익이 늘어난 것으로 지표가 발표되었지만 사실상 위기 경영 시대라 해도 과언이 아니다.

아직도 찾아내지 못하고 있는 차세대 기업 먹거리가 발목을 잡고 있다.

게다가 IT 쪽은 중국이 맹추격하고 있고 일본의 급격한 엔저 현상으로 기업 경쟁력이 기하급수적으로 떨어지고 있다.

윤라희 여사 역시 이런 사실을 잘 알고 있기에 마음이 편치 않았다.

경제 부흥기를 보낼 때 한창 봉사회를 이끌었던 대기업 총수들의 부인들.

최근에는 한두 명씩 줄고 있었다.

기업가의 안주인들인 만큼 회사 사정에 따라 민감하게 반응이 왔다.

오성그룹가 역시 유병철 회장을 비롯해 가족 구성원들 모두 정시 퇴근이 사라진 지 오래였다.

이 넓은 식탁에 앉아 제때 식사를 하는 사람은 겨우 막내 예린이와 윤라희 여사뿐.

오늘 같은 날이 흔치 않았던 저택의 저녁 식사 시간.

강민의 출현으로 유병철 회장을 비롯 염 비서까지 함께 즐거운 저녁 시간을 보내게 되었다.

물질적으로야 부족한 것 없는 가정이었지만 어렸던 막내까지도 성장해 밖으로 돌았다.

더 남편의 그늘과 자식들의 웃음소리가 그리워지던 윤라희 여사.

드러내 놓고 내색하지는 않았지만 오늘 이 시간 기분이 아주 좋았다.

평소 유병철 회장만큼 눈썰미가 좋기로 칭찬을 받던 예

린이의 사람 보는 안목.

예린이가 3년 내내 그리워하며 애를 태우던 녀석이 생각보다 괜찮은 것을 확인하고 나니 더 기분이 좋았다.

초면에 요리를 시켜 당황할 만도 할 텐데 전혀 내색하지 않는 강민의 성품 또한 윤라희 여사의 마음을 흡족하게 했다.

저녁 만찬 시간은 그간 느끼기 힘들었던 편안한 자리를 만들어 주고 있었다.

그것도 단 한 사람 덕분에 말이다.

"제가 만든 브루스케타 룽가에는 민족 대대로 전해져 내려오는 오방색의 건강이 담겨 있습니다."

서걱서걱.

브루스케타 룽가를 빵칼로 썰며 강민이 입을 열었다.

"오방색의 건강? 그게 뭐야?"

강민의 모든 것을 유심히 바라보던 예린이가 궁금해하며 물었다.

"본래는 오방정색이라고 하는 건데 각각의 방향성과 음양의 기운을 담고 있는 걸 말해."

예린이를 바라보며 자상하게 대답하는 강민.

"더 말해 보게. 음식을 그렇게 표현하니 음식 대하는 것이 남달라지는 것 같군."

유병철 회장이 호기심을 보였다.

"네. 적색은 남쪽, 청색은 동쪽, 흑색은 북쪽, 백색은 서쪽, 그리고 황색은 중앙을 의미합니다. 그들 중에 적색과 청색은 양색이며 백색과 흑색은 음의 기운을 대표하지요."

음식을 먹던 모두 흥미진진한 표정으로 강민을 바라보았다.

갑자기 오방색과 음양에 관한 강의실이 돼 버린 듯했다.

"이런 오방의 색이 음식에서도 중요한 역할을 합니다. 목의 기운을 상징하는 푸른색 채소는 간과 담에 좋습니다. 적색은 불의 기운을 관장하는데 사람의 몸 중에서 불 기운의 근원지는 심장과 소장이지요. 황색은 토의 기운입니다. 비장과 위장을 관장하는 색입니다."

딸깍.

브루스케타 한쪽을 예성의 접시 위에 올려주는 강민.

모두 강민의 얘기에 집중하느라 아무 소리도 내지 않았다.

아무리 잘 먹고 잘사는 집 사람들이라 해도 강민의 입에서 나오는 말들을 쉽게 접할 수는 없는 일.

실전에서 겪고 터득한 것들을 하는 모든 일에 적용시키는 강민이었다.

"호오~ 젊은 친구가 모르는 게 없군. 이 나이가 되도록 그렇게까지 음식을 이해하기 쉽게 말해준 사람은 없었네. 어디서 배운 것인가?"

"아네, 설악산에서 수련할 때 스승님으로부터 배운 것도 있고 자연스럽게 터득하게 된 것도 있습니다."

"놀랍군. 역시 사람은 머리가 좋고 봐야 해. 하하하하."

"계속해 봐, 너무 신기하고 재미있어~"

접시에 놓인 음식에는 관심이 없는 눈치의 예성.

강민의 입에서 뒤이어 나올 말들에 꽂혀 있었다.

"백색은 금의 기운인데 폐와 대장을, 그리고 마지막으로 수의 기운을 상징하는 흑색은 나이 드신 남성분들이 중시하는 신장과 방광을 관장합니다. 식재료들의 색이 모두 사람의 건강한 몸을 유지하는 데 필요한 거지요."

"와아! 음식 색깔에도 그런 이치가 있어?"

아직도 궁금한 게 많은 유예린.

자신이 알고 있는 세상과 전혀 다른 세계의 이야기에 놀라 물었다.

"나도 그 얘기는 들어본 것 같아. 그래서 골고루 가리지 말고 먹으라고들 하나 봐."

예린이보다 조금 더 산 예성이 거들었다.

"그게 바로 오방정색과 오방잡색을 섭취하는 방법입니다."

"오방잡색?"

"오방정색을 배합해 만들어 내는 여러 색들이 바로 오방 잡색입니다. 황과 청이 만나 녹색이 되고 백색과 청색이 만 나 벽색이 되는 등등. 이것 또한 건강에 중요한 역할을 합 니다."

'도대체 어디서 뭘 배운 거야?'

편안한 분위기에 취해 강민의 말에 귀를 기울이던 윤라 희 여사.

그녀도 과거 한 한의사에게 이런 비슷한 얘기를 들은 적 이 있었다.

음식에뿐만 아니라 일상생활에 있어서도 같은 이치로 적 용이 되는 사항이다.

몸이 좋지 않을 때 부족한 것을 보충해 줄 수 있도록 옷 의 색깔을 바꿔보라고 조언했던 한의사.

아주 간단하고 짤막한 조언이었지만 기억에 남아 있었 다.

그런데 오늘 한참 어린아이와 같은 강민에게서 그와 같 은 맥락의 얘기를 아주 구체적으로 듣게 된 것이다.

막내 예린이와 동갑내기.

겨우 스무 살 청년의 입에서 나올 법한 얘기들은 아니지 않은가.

설악산에서 6년을 지냈다는 말에 반 도사 같다는 생각을 지울 수가 없다.

"그럼 어떤 요리가 가장 몸에 좋은 거야?"

예린이다운 질문을 나왔다.

"비빔밥."

"아!"

"맞아! 비빔밥!"

"제대로 아시는 한식 요리사들은 비빔밥을 오방색의 방향에 맞게 배열합니다. 각 색을 대표하는 시금치, 도라지, 당근, 버섯, 중앙에 황색 계란 노른자까지 완벽하게 색의 방향을 맞춰 내놓거든요."

"그런 이치가 숨어 있었군."

유병철 회장도 오늘에서야 이런 이치를 아는 듯 고개를 끄덕였다.

"그런 의미에서 여기 있는 브루스케타 룽가는 오방색이 완벽하게 표현된 요리들 중의 하나입니다. 노랑, 빨강, 파랑 파프리카와 제가 특별히 곁들이 검은색 가지, 계란 흰자까지 다섯 색깔들이 모두 한자리에 담겨 있습니다. 모두 건강을 생각하셔서 입맛따라 골라 드시지 마시고 골고루 양껏 드십시오~"

"고마워~ 잘생긴 총각. 건강해지면 오늘 이 은혜는 톡톡히 대접해 줄게."

"언니~ 형부나 잘 챙기세요. 요즘 형부 매일 피곤하다고 골골하시던데~"

"그이 말만 그래. 힘이 남아돌아~ 그건 밤에 내가 확인하니까 걱정 마세요~! 호호호."

"어, 언니!"

18금 정도 되는 예성의 발언에 예린이의 얼굴이 붉어졌다.

"민이 군의 음식에 대한 여러 얘기가 더해지니 오늘 요리들은 더욱 맛있는 것 같아."

군더더기 없이 강민의 요리 솜씨를 인정하는 윤라희 여사.

완벽한 요리였다.

어린 사람이 요리를 하면 얼마나 하겠나 했던 의심의 마음이 깨끗하게 개었다.

"이게 끝이 아닙니다. 회장님을 위해 제가 특별히 설악산에서 제조한 백초건강만세주를 준비했거든요."

"백초건강만세주?"

좀 별난 구석이 엿보이는 술의 이름.

강민의 말에 유병철 회장의 눈동자가 빛났다.

강민은 어느새 준비한 새하얀 백자 술병을 손에 들었다.

윤라희 여사 눈에 익은 술병이다.

"요리 드시면서 반주로 한 잔만 드십시오."

"반주? 하하. 좋지~"

요 얼마 동안 볼 수 없었던 유 회장의 환한 웃음이 얼굴 가득 퍼졌다.

오늘따라 기분이 몹시 좋아 보이는 유 회장이다.

그 모습을 바라보는 윤라희 여사의 눈가에도 잔잔한 미소가 번진다.

부쩍 스트레스가 많아진 요즘 유병철 회장의 환한 웃음을 언제 보았었나 하는 생각까지 들었다.

바라보는 사람들 모두의 기분을 즐겁게 하는 강민의 몸동작.

"강민 군, 회장님 아무거나 드시면 안 되시는데."

윤라희 여사는 의문에 찬 눈으로 강민이 들고 있는 병을 유심히 바라보았다.

부엌 한쪽 장에 두었던 병이 분명했다.

제사 때나 한 번씩 꺼내 쓰던 값비싼 백자 술병이다.

빈병이었으니 병 속에 정체 모를 술이 담겨 있음이 확실했다.

"설악산에서 제가 모시던 스승님께서 애지중지하시던 술입니다. 설악산 정기가 제대로 담겨 있습니다."

입가에 의미심장한 미소를 지으며 말을 잇는 강민.

"이 술에는 효능이 있는데… 내일 아침에 확인하실 수 있으실 겁니다."

"어서 한잔 따라보게. 설마 강민 군이 나를 술로 어찌하겠는가. 황금알을 낳게 해주는 닭장 주인한테 말이야. 하하하."

"딱 한 잔만 드십시오. 회장님."

강민은 유병철 회장이 내민 잔에 백자 술병을 기울였다.

또로록.

작은 백자가 잔이 금세 차올랐다.

"와아? 이 향 뭐예요? 꽃향기 같아."

"인삼 냄새 아냐?"

작은 잔에 정체 모를 술이 차는 동시에 식탁 주변으로 향긋한 술 향이 번졌다.

예성과 예린이 감탄을 터뜨리며 숨을 들이마셨다.

"설악산에서 체취한 영초들의 약성이 모두 녹아 있는 약주입니다. 쭉 드셔보십시오."

유병철 회장을 바라보며 한잔 술을 권하는 강민.

윤라희 여사는 문득 생각했다.

지금 집에 없는 아들이 저렇게 넉살이 좋았다면 얼마나 좋았을까 하고 말이다.

"향이 아주 좋군. 괜찮다면 우리 염 비서도 한잔 따라주게. 나를 비롯해 오성그룹에 없어서는 안 될 귀한 인재라네."

"알겠습니다~"

"민아, 혹시 그거… 몸에 좋은 거야?"

삼십대를 코앞에 두고 있는 예성이 적극적으로 호기심을 보였다.

"몸에요? 좋지요~"

"호호, 그럼 나도 한 잔 주면 안 돼?"

"언니, 집에 안 갈 거야?"

"형부도 출장 갔다가 이쪽으로 퇴근한다고 했어. 오늘 자고 가지 뭐."

"왜 자기 집 놔두고 여기서 자? 아직 신혼이잖아!"

"신혼? 무슨 소리야~ 달링과 만난 지 벌써 3년이 넘었어. 신혼은 무슨~"

초면인 강민과 염 비서가 함께한 자리임에도 거침없이 발언하는 유예성.

예성은 일찍부터 능력있는 인재였던 남자를 점찍어 남편으로 삼았다.

유병철 회장도 그 부분은 인정하는 바였다.

예성 부부의 연애는 큰일없이 진행되었고 결혼까지 순탄

하게 이어졌다.

"민이 군, 자네도 한잔할 텐가?"

"아닙니다. 그 술은 제가 마실 수 없습니다."

"아니 왜? 정말 뭐라도 탔나?"

"그게 아니라… 큼큼, 그거 있지 않습니까. 남자에게 참
좋은 그거… 말입니다."

번쩍.

강민의 말이 흐려졌다 다시 이어졌다.

말꼬리가 흐려질 즈음 유병철 회장의 눈이 번쩍 떠졌다.

남자라면 귀가 번쩍 뜨일 만한 말을 못 알아들을 사람은
없었다.

설악산 정기를 듬뿍 머금었다는 백초건강만세주.

"그게 뭐야? 남자들에게 왜 좋아? 다 컸는데 나는 마시면
안 돼?"

아무것도 모르고 끼어드는 예린이.

한 잔 얻어 마시려다 서운한 표정을 지으며 강민을 바라
보았다.

"호호~ 예린아, 아래 가서 엄마가 즐겨 마시던 포도주
한 병 가져와라. 오늘은 한잔해야겠다."

윤라희 여사는 예린에게 와인 저장고에 다녀올 것을 부
탁했다.

남자들에게 좋다는 말은 윤라희 여사도 내심 반기는 소리다.

　　기분이 웬만큼 좋지 않아서는 와인 창고에 저장하고 있는 질 좋은 고급 와인을 개봉하는 일이 없었다.

　　그런데 오늘 고급 포도주 한 병을 개봉할 생각.

　　"오늘 무슨 날이야? 아끼는 포도주를 다 내놓고~"

　　역시 분위기 흐름을 제대로 감지하지 못하는 유예린.

　　"애들은 몰라도 돼~ 민아~ 그거 좀 남겨줘. 우리 달링이 요즘 컨디션이 별로인 것 같거든~"

　　술병에 남은 술에 눈독을 들이는 예성.

　　"오성을 위하여!"

　　"위하여!"

　　염 비서의 잔에도 향긋한 술이 채워졌다.

　　유병철 회장과 염 비서는 입가에 미소를 띤 채 오성그룹의 건배사를 나누며 입안에 술을 털어 넣었다.

　　"카아~"

　　"크음……."

　　단숨에 잔을 말끔히 비운 두 사람.

　　"강민 군! 한 잔 더!"

　　"나도 부탁하네."

　　한 호흡에 잔을 비우자마자 다시 잔을 내미는 유병철 회장과 염 비서.

약속이라도 한 듯 동시에 강민 앞으로 손을 뻗어 빈 잔을 내놓았다.

그만큼 특별한 백초건강만세주.

"그럼 딱 한 잔만 더 드십시오. 세 잔 이상 마시면… 전 책임 못 집니다."

한 잔에서 두 잔으로 늘었다.

그리고 딱 두 잔만 마셔야 한다고 강조하는 강민.

"내 주량이 생각보다 세네. 이런 술 두 잔 정도야 일도 아니지~"

"회장님……."

"왜 그런가?"

"그러다 세 잔이면… 위기에 봉착합니다."

"……??"

"염 실장님도 두 잔만 드시고 곧장 집으로 돌아가십시오."

술병 손에 든 사람이 주인인 양 강민은 술 한 잔을 남겨 놓고 염 비서에게 집으로 돌아갈 것을 권했다.

"민아, 왜?"

무슨 말인지 도통 이해할 수 없는 예린이 두 눈을 동그랗게 뜬 채 강민에게 물었다.

"웅~ 약효를 받으려면 편한 자세로 몸을 쉬어야 하거든. 근데 여긴 집이 아니니까 좀 불편하실까 봐서~"

"아~ 그렇구나."

강민의 입에서 나오는 말이라면 한강이 바닷물이라 해도 믿을 유예린.

그제야 이해를 했다는 듯 고개를 끄덕이는 예린의 입가에 미소가 번졌다.

생사 고비를 여러 번 넘고 3년 동안 얼굴도 볼 수 없었던 첫사랑 강민.

오늘 이렇게 하루 종일 함께하고 있다는 것 자체가 꿈만 같았다.

게다가 함께 주방에서 요리도 했다.

세상에서 가장 맛있는 정성이 가득한 요리들.

온 가족이 강민 덕에 한자리에 모여 화기애애한 저녁 시간을 보낸 것만으로도 예린은 행복했다.

지난 3년의 시간이 어떻게 흘러갔는지 가늠이 되지 않는다.

그 숱한 날들이 오늘 이날만을 위한 시간들이었던 것처럼 느껴진다.

예린은 가만히 강민의 얼굴을 바라보았다.

'…민아, 고마워. 그리고……'

출렁 출렁.

"캬아~ 스프링 죽이네~"

나의 몸을 있는 힘껏 날렸다.

마치 신의 손길처럼 나를 받아 털끝 하나 다치지 않게 하는 넓은 더블 킹사이즈 침대.

통통.

가벼운 진동으로 몇 번 나의 몸을 튀이더니 이내 포근하게 감싸주었다.

"흐흐, 이게 바로 진정한 문명 생활 아니겠어~"

알지도 못하던 영감님께 속아 3년.

재차 다시 끌려가 3년.

도합 6년이란 시간을 21세기 최첨단 문명의 삶을 뒤로하고 설악산 깊은 골짜기에서 살았다.

겨우 얼마 전 완성해 놓은 하계신선루 덕에 아주 조금 문명의 혜택을 보았을 뿐.

그것도 강남 한복판 호화 옥탑방에서 널널하게 살다 다시 끌려 들어갔을 때는 더욱 괴로웠다.

한 번 맛본 문명의 혜택을 대신할 만한 것이 없었다.

다시 들뜬 마음을 가라앉히고 내려놓기까지 며칠이 걸렸다.

요리 시설이야 양 도사님이 특별히 신경을 쓰는 수준이었다.

그래야 그나마 요리라고 이름 붙일 만한 것을 내 손에서 얻어 드실 수 있다는 것을 계산한 까닭.

그러나 텔레비전 구경은 밥 먹을 때 잠깐.

족쇄로 채워진 구닥다리 휴대전화는 발신도 안 되는 것으로 있으나마나 한 애물단지.

잠자리도 마찬가지였다.

양 도사는 진동 안마의자까지 사용했지만 나에게는 달랑 싸구려 시장표 요 한 장 던져준 게 고작.

과거 3년 전에도 전혀 청소년에 대한 배려가 없었던 양 도사가 머리 굵어진 나를 배려할 리 만무했다.

단 몇 달이었지만 대한민국의 내로라하는 최고 미녀들과 수다도 떨고 황금빛으로 빛날 미래를 꿈꿨었다.

그랬던 나를 다시 끌고 들어갔던 양 도사.

차라리 뭣 모를 때의 3년은 나를 보호해 준 시절이라고 쳐버릴 수 있었다.

그러나 그 시절에 비해 이번 3년은 몇 배나 더 나를 괴롭고 힘들게 했다.

그래서였을까.

하늘도 내려다보고 있자니 나에게 너무한다 싶었겠지.

'후~'

생각하자니 절로 한숨이 흘러나왔다.

그동안에도 몇 번의 도주의 기회는 있었지만 매번 실행에 옮기지 못했다.

이번 기회는 절대 놓치고 싶지 않았던 것도 사실이었다.

예린이를 그 산중에서 만난 것도 다 하늘의 돌봄이지 않았을까.

그간 철없던 중생의 철부지 같았던 투정을 두루 살펴주신 덕이리라.

뒤도 돌아보지 않고 튀었다.

당당하게 서울 상경을 고하고 하직 인사까지 드리고 떠나왔던 때와는 완전 다른 형태의 도주였다.

아직 도주의 끝이 아니었다.

양 도사의 손길이 뻗어 있는 서울 강남.

한국 고등학교 교장 샘까지 포섭했을 정도라면 결코 안전지대가 될 수 없다.

섣불리 학교에 연락을 했다가는 이동 경로가 들통 나 미국으로 튀는 데 걸림돌이 될 것이다.

"이나저나 손님방이 이 정도면… 이건 뭐, 호텔 특실보다 좋은 거 같네."

마음의 여유를 찾으며 훑어본 방안.

저택 2층 손님방으로 안내받았다.

친척들이나 아주 가까운 손님들, 그리고 귀빈들이 방문할 때 내놓는 방이라고 했다.

일 년에 몇 차례 사용하지 않지만 그중 한 번이 나에게 열렸다고 했다.

방 한 칸에 족히 30평 정도는 돼 보이는 개인 공간.

은은한 보라색 바로크풍의 굵은 꽃무늬 벽지가 전혀 내 취향은 아니었다.

실내를 꾸미고 있는 가구 또한 앤티크 가구로 테이블과 의자 모두 고급스러웠지만 역시 내 취향은 아니다.

벽 쪽으로 국내외의 유명 작가의 작품인 듯 명화 몇 점이 걸려 있다.

바닥은 특이하게 연한 갈색 원목을 깔았다.

전체적으로 편안하게 쉴 수 있는 환경을 생각한 듯했다.

윤라희 여사의 세심한 배려가 엿보이는 공간인 듯하다.

맘에 쏙 드는 한 가지가 눈에 띄었다.

창가 쪽으로 놓여 있는 커다란 원목 책상.

그 위에 놓여 있는 것은 대형 텔레비전을 연상시키는 컴퓨터 모니터였다.

게다가 조금 떨어진 곳에 서 있는 대형 냉장고와 텔레비전.

손님방으로 끝날 수준이 아니고 없는 게 없는 서민들의 주 생활공간 이상의 포지션이다.

열린 커텐 너머 탁 트인 밖의 풍경이 한눈에 들어왔다.

창가 쪽 화단에 서 있던 소나무, 그리고 고즈넉한 마당이 평화로워 보였다.

서울, 그것도 강남에 위치한 넓은 정원이 딸린 대저택.

일반 서민들은 상상할 수도 없을 호사의 극치를 누리고 있는 셈이다.

"나이를 생각하셔야지. 겁도 없이 그걸 세 잔씩이나 드시겠다고……."

생각했던 것보다 일찍 끝난 저녁 만찬.

호기롭게 백사주를 두 잔씩이나 단숨에 들이켠 유병철 회장과 비서 양반.

식사가 끝나갈 즈음 두 양반 얼굴이 불콰하게 달아올랐다.

양 도사가 설악산에서 제대로 된 놈만 골라잡아 담근 백사주였다.

최소 백 년 이상 된 산삼이나 더덕, 도라지 등의 약초를 먹고 환골탈퇴한 놈이 바로 백사였다.

보통 뱀이라면 개구리나 쥐 같은 걸 잡아먹는다.

하지만 똑똑한 뱀은 몸에 좋은 건 알아가지고 약초를 먹고 껍질을 벗고 새로 태어나는데 그놈들이 백사다.

그런데 이 백사란 놈들의 다음 행동이 웃겼다.

뱀 주제에 환골탈퇴했다고 해서 육식을 멀리하고 채식을 하는 것이다.

그것도 나 찾아 먹기도 흔치 않은 산삼 같은 약초들로만 골라 먹는다.

그런 사실을 알고 있으니 양 도사도 백사만 보면 사족을 못 쓰고 보이는 대로 잡아다 술병에 담가 버렸다.

나로서는 백사들이 많아질수록 먹고사는 문제에(?) 직면하기 때문에 절대 용서할 수 없었다.

그뿐만 아니었다.

영초를 먹고 자란 백사는 그 생사 그대로 명약.

제대로 영근 백사 한 마리를 먹으면 어지간한 중병도 씻은 듯이 털어낼 수 있었다.

게다가 내공을 수련한 자들에게는 영단과도 진배없었다.

물론 일반인들에게도 좋기는 마찬가지다.

남자가 나이를 먹으면 신이 약해져 앞다리 기능이 상당 부분 감퇴하게 된다.

그러니 중년 남성들에게는 명약 중의 명약이 아닐 수 없다.

잠깐 효과를 보자고 중국에서 불법으로 유통되는 보아그

라, 싸아리스 같은 것을 남용하다가 완전 몸이 망가져 양 도사를 찾아와 허리를 굽실거리던 중년 남성들을 여럿 보았다.

도사들과 함께 찾아온 돈이 넘치는 그분들.

불로 말하면 장작불처럼 은근히 몸의 원기를 돋우는 명품 정력제가 바로 백사주인 것이다.

이 한 마리 백사주를 얻기 위해 너와집 문턱이 닳도록 드나든 머리 벗겨진 중년 남성들의 표정 변화.

분명 너와집에 들 때는 기력이 느껴지지 않지만 백사주를 가방에 넣고 하산할 때는 설악산도 떠메고 내려갈 기세로 너와집을 나섰다.

그런 모습을 몇 차례나 목격한 나.

단, 이것도 부작용이 있었다.

심법을 운용할 수 있는 사람이 아니라면 절대 세 잔 이상 마시면 안 된다.

위험해진다.

양기가 허해져 원기마저 바닥을 보이던 사람일수록 더 위험하다.

극도의 양기가 축적된 백사주를 감당하지 못해 코피가 터지거나 때론 뇌출혈까지 일으킬 수 있었다.

정량을 제대로 쓰면 약이 되지만 넘치면 약도 독이 되는 것이다.

그런 이치를 모르고 백사주임에도 화주처럼 달달한 향이 나는 것에 취해 더 달라고 떼를 쓰던 두 양반.

극구 안 된다고 만류하는 사이 갑자기 화기가 치솟자 당황했다.

그리고 잠깐 사이 유병철 회장은 후식도 맛보지 않고 피곤하다는 핑계로 침실로 들어가 버렸다.

잠시 후 윤라희 여사를 부르는 유병철 회장.

안절부절못하던 윤라희 여사 역시 유병철 회장의 잠자리를 봐준다는 말을 남기고 퇴장했다.

워낙 집 안이 넓고 최고급 시설들이라 방음 시설까지도 완벽했다.

모르긴 몰라도 내일 아침 윤라희 여사가 밥상에 꽤 신경을 쓸 것이다.

염 비서라는 분 역시 화급하게 집에 전화를 넣는가 싶더니 급한 일이 있어 가봐야겠다며 뛰다시피 나갔다.

아무것도 모르는 순진한 예린이만 멍하니 염 비서를 바라보았다.

여러 정황을 지켜보던 예성 누님.

무엇인가를 확실하게 깨달은 듯 남은 술병을 빼앗듯이 채갔다.

"이래서 사람들이 뇌물로 이런 걸 쓰는 거구나. 흐흐."

돈이 넘쳐 나는 사람에게 돈이 뇌물이 될 수는 없을 것이다.

하지만 돈 주고도 구하기 힘든 보약이라면 말이 달라진다.

여차저차 유병철 회장님과 윤라희 여사, 그리고 염 비서까지 자리를 뜨자 자연스럽게 저녁 자리가 파해졌다.

뒤이어 곧장 예성 누님이 예린이를 시켜 손님방에 잘 곳을 마련해 두라고 말했다.

저택 2층이 손님방이었지만 들어가는 입구가 따로 있었다.

식구들과 다른 문을 쓰게 해놓은 것이다.

오가는 데 서로 간섭받지 않고 편안하게 머물 수 있도록 배려한 듯했다.

설악산 양 도사의 보물창고에서 딱 두 병 들고 나온 백사주.

요리를 준비하는 중에 잠깐 예린이에게 키를 받아 주차장으로 달려가 백사주를 개봉했다.

"정보 수집이 최우선이겠어."

그동안 세상이 얼마나 변했는지 체감하지 못하고 있었다.

본의 아니게 멀리했던 정보수집 능력을 발휘할 때다.

"그리고 제시카 샘께 연락을 넣고 시간을 쪼개 운전면허 중부터 취득하고……."

마음이 바빴다.

귀중하다 못해 눈물 나게 흘려 보낸 3년이라는 시간.

예상치 못했던 설악산 플러스 3년 시간을 보충하기 위해서는 온몸의 털이 빠져 날릴 정도로 달려야 했다.

"아메리카, 이제는 아메리카다……."

미성년자로서 받게 될 제약은 완벽하게 사라졌다.

이제는 혼자서도 모든 법률적 행위를 행사할 수 있는 적법한 성년.

그 누구의 허락이 따로 필요치 않았다.

"텔레비전이나 한번 볼까……."

띠릭.

옆에 놓인 리모컨에 전원 버튼을 넣었다.

침대 정면에 놓인 100인치 이상의 대형 텔레비전.

가까이서 보면 영화관 저리 가라 포스였다.

"안녕하십니까? 오늘의 스포츠를 진행하는 이일구 앵커입니다."

화면이 커지자마자 시작된 스포츠 방송.

"먼저 오늘의 톱뉴스는 잉글랜드 프리미어리그에서 관심

을 표명하고 있는 독일 함부르크 팀의 장혁찬 선수 소식입
니다."

"장혁찬!"

꽤 친숙한 이름.

한국 고등학교 1학년 때 같은 반 친구 이름이다.

"오! 진짜 혁찬이잖아!"

브라운관에 모습을 보이는 그라운드를 누비며 골대로 돌
진하고 있는 선수의 모습은 분명 혁찬이었다.

"오늘도 뮌헨팀을 격파하는 데 혁혁한 성과를 만들어 낸
장혁찬 선수는 독일 분데스리가 진출 1년 만에 잉글랜드의
명문팀에서 관심을 보이기 시작했습니다. 데뷔 이후 19골
27도움이라는 엄청난 공격 포인트를 올리고 있는 장혁찬
선수는 오늘의 대한민국 축구계의 혜성 같은 인물이라고
하겠습니다."

소식을 전하며 격찬을 아끼지 않는 앵커의 발언.

보이는 화면에서는 상대 수비수 두 명을 여유롭게 제치
고 골을 날리는 혁찬의 야생마 같은 모습이 생생하게 전해
지고 있었다.

3년 전 마지막으로 보았을 때보다 키도 훨씬 크고 덩치도
컸다.

굵은 허리가 누가 봐도 성인 축구선수였다.

시간이 흘러 버린 흔적이 이렇게 확인되고 있었다.

혁찬이도 어느새 온 세계의 축구 팬들을 감동시키는 대스타가 되어 있었다.

"그래, 저 정도 되어야 내 친구라 할 수 있지!"

기분이 꽤히 좋았다.

아무것도 확신할 수 없고 미래를 장담할 수 없었던 3년 전 고등학교 1학년의 나와 친구들.

3년 동안 설악산에 묻혀 지내는 동안 녀석들은 알게 모르게 자신의 꿈을 향해 멈추지 않고 달려왔다.

그들과 함께했던 한 사람으로서 기뻤다.

"언제 간 거야? 학교 졸업하고 바로 갔나?"

3년 시간 동안 학교 소식은 전혀 들을 수 없었다.

그만큼 단절된 생활이었기에 아는 게 전혀 없다.

급할 건 없었다.

곧장 컴퓨터를 켜 혁찬이에 대한 정보를 검색했다.

혁찬이에 관련한 수많은 웹 정보가 화면 가득 채워졌다.

"다음은 오늘 있었던 한국 코리아 오픈 대회 우승팀 소식입니다. 최근 몇 년 사이 엄청난 저력을 발휘하고 있는 임혁필 선수가 오늘 330야드가 넘는 장타를 휘두르며 우승 트로피를 차지했습니다."

"오! 코치님!"

딱.

거대한 텔레비전 화면에 드라이브를 힘껏 날리는 임혁필 코치님의 모습이 잡혔다.

나의 기억 속에 남아 있는 그 사람이 아니었다.

전혀 다른 사람처럼 깔끔하고 단정해진 임혁필 코치님.

드라이브 샷 폼이 완전 명품 수준이었다.

"임혁필 선수, 우승 소감 부탁드리겠습니다."

화면이 바뀌면서 트로피에 샴페인을 담고 있는 임혁필 코치님이 카메라에 잡혔다.

"세상에 둘도 없고 딱 하나밖에 없는 천사표 아내와 사랑하는 두 아이에게 영광을 돌리고 싶습니다. 여보~ 알라뷰~"

"헐……."

카메라에 대놓고 아주 팔불출을 그대로 드러내고 있는 임 코치님.

눈에서 하트가 뿅뿅 만들어져 나오고 있었다.

"그리고 아직도 산에 있을 민아! 이제 보고 싶다! 나타나라! 너의 잘난 모습 좀 보여다오!"

"……."

남모를 벅찬 감동이(?) 밀려왔다.

아직 나를 잊지 않고 기억하고 있는 임 코치님.

잊으면 산짐승만도 못한 사람일 것이다.

위기에 처한 두 남녀를 구출해 주고 나는 장렬하게 설악산으로 끌려 들어갔다.

그리고 두 눈 뜨고 그 현장을 다 지켜본 임 코치님.

지금의 행복한 가정을 이루는 데 이 강민이 오작교 역할을 했다.

"곧 찾아뵙겠습니다~"

나는 두 주먹에 불끈 힘을 주었다.

임 코치님의 바람이 아니더라도 곧 만천하에 나의 모습을 드러낼 생각이다.

똑똑.

"……??"

임혁필 코치님 소식에 다시 한 번 다짐을 하고 있을 때 노크 소리가 들렸다.

볼륨을 상당히 높여 놓은 상황에서 스포츠 소식에 집중하느라 잠시 기척을 놓쳤다.

설악산에서 매번 초긴장 상태로 지내다 잠시 정신줄을 놓은 것이다.

'누구지?'

저녁 식사 시간이 빨리 파했다지만 예린이와 잠시 얘기를 나누느라 방에 든 시각은 밤 10시.

이제 간단하게 샤워를 하고 되찾은 나의 산삼주 한 잔 마실 생각이었다.

그리고 운기행공으로 하루를 마무리하면 된다.

지난 시간에 비하면 오늘 하루는 몇 배의 느린 속도로 시간이 흐르고 있었다.

예린이를 설악산 화채봉 능선에서 만난 것을 보면 그동안 하늘이 나에게서 저당 잡았던 복을 다시 푼 게 확실했다.

"누구세요?"

내 집은 아니지만 오늘 밤은 엄연히 나만의 공간으로 주어진 방.

당당하게 물었다.

"벌써 자는 거 아니지?"

'엥? 예린이?'

이 집이 예린이네 집인 것은 맞지만 이렇게 야심한 시각에 남자의 방에 찾아오는 것은 예의에 맞지 않았다.

아무리 친구 사이라 하지만 남녀가 유별한 법.

"아니~ 무슨 일이야?"

"문 좀 열어줄래?"

"문?"

'무슨 일이지?'

문은 잠겨 있지 않기 때문에 손잡이만 돌리면 된다.

그런 문 앞에서 문을 열어달라고 말하는 예린이.

휘릭.

처억.

침대에서 가볍게 몸을 날려 바닥에 착지했다.

저벅저벅.

문을 향해 걸어갔다.

끼릭.

문손잡이를 잡고 제법 두툼한 목재 문을 열었다.

끼이익.

그리고…….

'이, 이게 뭐야!'

제9장
깊은 흔적

"민아, 우리 술 한잔할까?"

입가에 배시시 미소를 띠고 서 있는 예린이.

달빛에 새하얗게 열린 배꽃 같은 환한 미소가 한눈에 들어왔다.

차림은 또 어떤가.

아무래도 집에서 편하게 입고 또 잠자리에 들기 전의 잠옷차림.

아이보리색에 작은 꽃무늬가 어지럽게 피어 있는 잠옷.

딱 봐도 매끄러운 광택이 좔좔 흐르는 게 싸구려 나일론이나 면이 아닌 실크 잠옷으로 보였다.

꿀꺽.

나도 모르게 목으로 넘어가는 마른침.

갑자기 예린이의 촉촉하게 젖은 붉은 입술만 클로즈업되며 눈동자에 박혀들었다.

'이게 뭐지⋯⋯.'

당황스러웠다.

이 야밤에 갑작스러운 방문도 이해가 안 되는데 거기에 술까지 한잔하자고 하는 상황.

지금 눈앞에 서 있는 여인은 3년 전 동생으로 취급하며 귀엽다고 머리를 쓰다듬어 주던 여자애가 아니었다.

성숙한 여인의 향기가 문을 여는 순간 훅! 하고 방 안으로 밀려들었다.

매혹? 유혹? 관능?

수많은 말들이 머릿속에서 촛불처럼 켜졌다 꺼졌다.

'너무 편한 옷차림 아니야?'

설악산을 내뺄 때 예린이를 안고 뛰고 달렸다.

그러나 한낮의 상황과는 전혀 다른 분위기.

실크 잠옷이 부드럽게 감고 내려오는 예린이의 몸은 봉긋한 곳까지 섬세하게 눈에 다 들어왔다.

속이 비치거나 노출이 있는 것은 아니었지만 뭔가 지금

의 실크 잠옷 차림은 치명적이었다.

"안주도 가져왔는데……."

예린이가 잠옷 차림으로 앞에 들고 선 쟁반을 보니 안주로 아몬드와 나초가 예쁜 접시에 담겨 있었다.

"수, 술은?"

그러나 정작 술병은 보이지 않았다.

"저기 있잖아?"

"……?"

야심한 시각에 방문한 막 꽃을 피우려는 꽃송이.

예린이가 몰아온 여인의 체취에 정신이 얼얼했다.

낮에 내 품에 안겨 얼굴을 붉히던 예린이.

어디서 이런 용기가 생겼는지 전혀 다른 사람처럼 보였다.

무서운 이십대 여성이다.

나는 예린이 눈짓으로 말한 곳을 돌아보았다.

"냉장고에?"

그녀가 시선을 고정한 곳에 커다란 냉장고가 서 있었다.

그러고 보니 냉장고 안에 무엇이 있는지 아직 열어보지 않았다.

"들어가도 돼?"

다른 것도 아니고 야심한 시간에 방문한 여인 때문에 두

뇌 회로가 리셋되느라 회전 속도가 느려졌다.

"그, 그럼. 여기 너희 집이잖아."

"핏~"

사실이지만 가벼운 농담에 입술을 내미는 예린이.

산에서 뜀박질하며 내려올 때 온몸으로 느꼈던 예린이와의 접촉.

쿵! 쿵!

괜히 심장이 크게 뛰기 시작했다.

이성보다 먼저 감성이 작동하며 심장이 먼저 기억해 놓고 뛰었다.

"모를 거야~ 손님방이 우리 집에서 가장 좋은 방이야."

"정말?"

"그럼~ 아무리 우리 집이 오성그룹 회장님 댁이지만 저런 과시용 텔레비전은 쓰지 않아."

척 봐도 100인치는 넘는 사이즈였다.

예린이 말대로 이 텔레비전은 과시용이 분명했다.

"그리고 저 가구와 침대도 이탈리아 장인이 한 땀 한 땀 정성들여서 제작한 수공예품이야. 특히 침대는 더블 킹사이즈 정도 되니까 국내에서는 보기 힘들어."

'오! 말로만 듣던 이탈리아 장인의 한 땀 한 땀!'

오성그룹 안주인이 이탈리아를 개인적으로 참으로 좋아

하는 것 같았다.

지금은 그저 이탈리아라 불렀지만 한때는 유럽뿐만 아니라 아프리카 북부, 그리스를 비롯해 아시아 일부를 점령했던 대 제국 로마의 후손들.

그들 만들었다는 가구와 침대.

어쩐지 꽤 값이 나가 보인다 싶었다.

딸깍.

예린이는 탁자 위에 들고 왔던 것을 내려놓았다.

'도대체 무슨 생각으로⋯⋯.'

한 교실에서 장난치며 지내던 때와는 상황이 아주 달랐다.

지금은 제약이 있었던 3년 전이 아니다.

법적으로 성년이 된다는 것은 책임과 의무의 비중이 막중해지는 뜻.

물론 성인 둘이 이렇게 술을 마셔도 문제될 것은 없다.

그래서 더더욱 예린이의 방문이 당황스러울 수밖에 없었다.

옷차림 또한 잠자리에 들기 바로 직전의 모습.

나도 분명한 남자.

남자의 마음을 몇 번이고 들었다 놓았다 할 수 있는 유혹적인 모습이다.

윤기 흐르는 머리를 한쪽으로 몰아 풀어헤친 채다.

마치 드라마에서 나오는 사랑하는 연인 혹은 부부들이 늦은 밤 사랑의 꽃을 피우기 전의 풍경 같다.

로맨틱한 눈빛으로 나를 응시하는 예린이.

"뭐 마실 거야? 맥주? 양주? 그것도 아니면 포도주?"

거침없이 냉장고 쪽으로 걸어간 예린이가 뒤돌아보며 물었다.

"어?"

'그렇게 다양한 술이 그 안에 있었나?'

딸깍.

오성 전자표 양문형 냉장고는 잔소음도 없이 부드럽게 열렸다.

예린이의 가늘고 새하얀 손가락이 드러난 피부 중 가장 눈에 띄었다.

'오! 저게 다 마실 거야?'

대충 물이나 간단한 음료수 정도가 들어 있을 거라고 생각했던 냉장고.

이곳에서 맞닥뜨리게 되는 상황은 매순간 상상 이상이었다.

'무슨 맥주가 저렇게 많아?'

구경도 못해본 희한한 맥주부터 생수, 식혜 등을 비롯해 갖가지 취향의 과실 음료수까지 다 들어 있었다.

대형 냉장고 안 가득 반듯반듯하게 정렬돼 있는 캔들과 병들.

"아이스크림도 있어~"

"아, 아이스크림?"

딸각.

내가 살짝 놀란 표정을 짓자 싱긋 미소를 지으며 냉동고를 여는 예린이.

'대박이다!'

냉동고도 냉장실 못지않았다.

처음 보는 아이스크림들로 채워져 있었다.

무슨 아이스크림 공장을 털었는지 각양각색이다.

'흐흐흐, 당분간 이곳에 짱 박혀야겠어.'

더 생각할 것도 없었다.

이곳에 들어올 때는 안주인의 초대가 있었지만 나갈 때는 내 마음이다.

집도 절도 없는 나를 필요할 때는 불러들이고 또 박정하게 내치지는 않을 것이다.

더욱이 나에게는 예린이라는 든든한 아군이 있지 않은가.

"양주 마실 거야?"

예린이는 냉장고 문을 한 번씩 열어보고 바로 옆에 있는 나무장 앞에 서더니 물었다.

"거기엔 또 뭐가 있는데?"

"다~"

끼릭.

머뭇거림없이 단순에 장식장을 열었다.

붙박이장처럼 찬장까지 닿아 있는 폭 2미터 정도의 장이 열리면서 드러난 것은 술.

"와우~!"

'저거 발렌타인 30년? 로얄살루트, 블루 라벨, 헉! 루이 13세…….'

한때 요리와 더불어 관심을 가졌던 각종 양주들.

놀랍게도 예린이 말처럼 양주들이 장을 가득 채우고 있었다.

그것도 세상에서 이름 좀 날리는 술들.

10년 단위의 저가 양주는 보이지도 않았다.

최소 20년 이상의 몰트나 싱글, 스카치, 코냑 등 고가의 양주가 다양하게 진열돼 있었다.

'고급술이 호텔 바보다 많겠네.'

괜히 오성그룹 저택 내 손님방이 아닐 것이다.

진열돼 있는 양주값만 해도 억대는 훌쩍 넘을 것으로 보였다.

"맥주나 한잔하자. 양주 안주는 아니잖아?"

"혹시 배는 안 고파? 아줌마들에게 야식 만들어 달라고 해?"

"야식?"

"응~ 경비 보시는 분들 때문에 아주머니 한 분이 야식을 담당하서."

'그래. 돈 많이 벌어서 한 사람이라도 더 먹고살 수 있도록 일자리를 줘야지.'

부자들의 돈지랄이라고만 볼 수 없었다.

황금보다 더 비싼 가치로 환산할 수도 있는 오성그룹 회장님의 시간.

그런 사람들의 일의 효율성을 높이고 성과를 창출해 내기 위한 또 다른 인력에 대한 투자는 당연한 일일 것이다.

일반인들이 생각하는 상식선에서는 살아갈 수 없는 경제 선구자들의 생활.

돈도 벌 수 있고 살아가는 데 필요한 일자리 창출이라면 적극 찬성이었다.

물론 더러는 졸부들이 있기도 하다.

하는 일 없이 배 따듯하게 긁으며 야식 먹는 이들도 있을 테고 그런 자들에게 돈을 주는 이들도 있을 테니까 말이다.

절실하지 않을 때 얻어지는 것은 그만큼 무가치하게 없어지게 마련이다.

그것이 무엇이 됐든지 간에 말이다.

하는 일 없이 인력을 고용하고 돈 자랑하는 이들도 분명 있는 세상.

상식적 이유가 통하는 인력 사용은 자본주의 사회의 미덕이라 할 수 있을 것이다.

"뭐 마실 거야? 독일에서 며칠 전에 공수해 온 생맥주가 있는데 그거 마셔볼래?"

"새, 생맥주?"

"뭐야~ 놀랄 일이야? 요즘은 생맥주도 다 캔으로 나오는데."

"으음……."

분명 비행기 타고 날아왔을 독일의 생맥주.

나보다 나은 독일 맥주가 시원하니 냉장에 들어 있었다.

'맥주는 독일 맥주지~'

맥주 순수령이 아직도 지켜지고 있는 독일 맥주.

15세기에 싼 맥주를 만들기 위해 급기야 독초까지 사용하게 되자 1516년 빌헬름 4세가 재정해 시행한 맥주 순수령.

홉과 보리, 물 이외에는 아무것도 맥주에 섞을 수 없다는 법령을 아직도 독일은 지켜내고 있었다.

그 결과 현대에 와서는 세계에서 가장 맛있는 맥주를 생산하는 맥주 대국이 되었다.

"이거 마시자. 뮌헨의 조그만 맥주회사에서 만든 녀석인데 아주 맛있어~"

대학생 신분이라고 맥주 좀 마셔봤는지 예린이는 맥주 예찬론을 펼쳤다.

'그래, 이게 바로 내가 꿈꾸는 인생이었어!'

능력 되는 대로 깨달은 바대로 세상은 살아가게 돼 있는 법이다.

아등바등 살기에는 인간의 100년이라는 인생은 너무 짧았다.

타인에게 피해를 주지 않으면서 경제력뿐만 아니라 지적, 지혜를 개발해 가며 잘 먹고 잘살면 최고였다.

가끔 배 아파서 욕하는 자들도 있을 것이다.

하지만 그건 그자들 심보 자체가 그따위라 어떻게 해줄 수 없는 부분.

그리고 절대 그런 자들의 말 따위에 흔들리면 안 될 일.

어차피 모든 것은 나를 중심으로 돈다고 하지 않던가.

최근까지는 양 도사를 중심으로 나의 모든 것이 돌았지만 앞으로는 그렇지 않을 것이다.

"오케이~ 오늘 내가 탈출할 수 있게 도와준 공주님을 위해서 맥주 한 캔 대접하겠사옵니다~"

마음을 가볍게 먹기로 했다.

나는 장난스럽게 고개를 숙이며 예린이가 이 시간 방문한 것에 별 의미를 두지 않기로 생각했다.

"무슨 말씀이옵니까~ 저의 목숨을 구해주신 무사님~ 호호, 제가 은혜를 갚아야지요. 부디 오래오래 머무시어 제가 은혜를 갚을 수 있도록 은총을 내려주시옵소서~"

'엥? 이거 이렇게 나오면?'

분위기가 더 묘하게 틀어지는 듯했다.

나의 장난에 너무 진지하게 대응해 온 예린이.

선택하는 말과 눈빛 행동까지 진심이 담겨 있었다.

천하의 대 오성그룹 막내 공주가 고등학교도 제대로 마치지 못한 백수인 나에게 은총을 내려달라니.

그것도 목숨을 구해준 은혜를 갚겠다고 청하는 것이다.

이것은 비단 청혼이 아니겠는가.

단번에 거절키 어려운 유혹이 아닐 수 없다.

넘어진 김에 쉬어간다는 말도 있지 않은가.

이 시점에서 고개를 끄덕임과 동시에 현실을 받아들이기만 하면 된다.

그렇게 되면 내일부터 나의 인생은 확실하게 다림질된

듯 펼 것이다.

그깟 고등학교야 검정고시로 패스하면 되고 외국 가서 몇 년 공부하다 보면 학사뿐 아니라 박사도 문제없이 마칠 수 있다.

그러나,

난 그렇게 내 인생을 살고 싶지 않다.

그것도 이제 갓 스무 살이 된 마당에 한 여인의 순수한 여고시절 연장 상태 마음에 내 청춘을 걸기에는 무리가 있다.

"은총? 생각해 보고~"

농담으로 넘어갈 일이 아닌 것을 나는 알고 있다.

"피이, 그럴 줄 알았어~"

3년 전이나 지금이나 나의 무관심한 말투에 이력이 나 있는 예린이는 타격을 받지 않았다.

피식 한 번 웃고는 자리에 앉았다.

'날 뭘 보고 이러는 건지.'

마음만 먹으면 대한민국의 내로라하는 집안 자제들과 충분히 연분을 쌓을 수 있는 예린이.

집안도 되고 미모 재능 뭐 빠지는 거 하나 없는 완벽한 공주님이 왜 나에게 집착하는지 이해가 되지 않았다.

물려받을 재산만 해도 얼추 최소 1조 원대는 넘을 것이다.

누가 봐도 갑인 예린이가 유독 나에게만 을의 입장을 취하고 있었다.

가진 것이라고는 건강한 정신과 신체.

그리고 아직은 세상에 내보이지 않은 숨은 재능밖에 없는 나였다.

세상의 눈으로 봤을 때는 보잘것없는 나인데 예린이는 수호천사처럼 나를 대했다.

오늘 같은 경우만 봐도 그렇다.

목숨까지 위태로워질 수 있었던 위급한 순간임에도 나를 찾았다.

겁도 없이 여자의 몸으로 입산 금지 구역으로 들어온 것만 봐도 강심장이다.

나에 대한 지고지순한 마음을 내가 모를 리 없다.

그러나 아직 한곳으로 노선을 정한다는 것은 때가 이르다는 생각이다.

나 스스로 기꺼이 개척해 보고 싶은 나만의 세상.

그 출발선에 이제야 섰다.

치익.

황금색 바탕에 커다란 L 자가 디자인돼 있는 독일 맥주 캔이 톡 터졌다.

별 대단한 문양도 없었지만 왠지 더 괜찮아 보였다.

"꿈만 같아……."

맥주 한 캔을 따서 들고 나를 바라보는 예린이의 눈빛이 몽롱한 꿈을 꾸는 듯했다.

나도 예린이와 이런 시간을 갖게 될 줄은 짐작도 못했다.

귀엽기만 했던 친구가 어느새 이렇게 어엿한 여인의 향기를 풍기게 될 줄이야.

여자의 변신은 무죄라고 하더니 자연미인의 급성장은 더욱 그 진가를 보이는 듯하다.

"오늘 고마웠다."

그것도 으슥한 야밤에 대 오성그룹 회장님 저택에서의 시간.

예린이 앞쪽 의자에 앉았다.

고마운 마음은 진심이다.

예린이의 잘빠진 스포츠카가 아니었다면 아무리 날고 기었다 해도 그렇게 빨리 설악산 산하를 벗어날 수 없었을 것이다.

물론 얼마 못 가 양 도사의 손아귀에 걸려들었겠지만.

아무리 땔감을 많이 쌓아놓았다 해도 불을 지피지 않으면 소용없다.

양 도사의 손아귀에서 벗어나고자 될 생각을 하루이틀 한 게 아니었다.

그럼에도 매번 좌절을 맛볼 수밖에 없었던 것은 때를 만나지 못한 탓.

오늘 그런 의미에서 예린이는 엄청난 공훈을 세웠다.

"아니야, 내가 고마워. 이렇게 내 앞에 있어줘서……."

"……."

늘 그랬던 것처럼 편안한 미소를 입가에 지으며 나를 바라보는 예린이.

두 눈에 진심이 뚝뚝 묻어났다.

'우리도 벌써 사랑이라는 말을 할 수 있는 나이가 된 건가.'

학교 다닐 때의 그 마음과는 분명하게 차이가 느껴졌다.

눈앞에 앉아 있는 예린이가 더 이상 미숙한 소녀가 아니라는 게 그 증거.

분위기에서 느껴지는 무게감이 확 달랐다.

"예린아."

"응? 왜?"

유쾌하면서 밝은 톤의 예린이 목소리.

커다랗게 두 눈을 치뜨며 나의 눈을 응시했다.

"나 같은 놈이 뭐가 좋아? 고아에 고등학교 중퇴에 바람둥이란 소문까지 돌았던 걸로 아는데."

새까맣게 반짝이는 예린이의 두 눈을 바라보며 직설적으

로 물었다.

"내가 좋아하는 건 알아?"

"내가 바보냐."

"호호, 고마워~ 알고 있었다는 것만으로 행복한데."

내가 생각하는 것 이상으로 나에게 마음을 두고 있는 예린이.

문득 가슴이 뭉클 저려왔다.

뜨겁게 뭔가 번지는 듯한 느낌.

농담이나 장난 섞인 말들로 이 상황을 대한다는 것은 예린이의 마음에 대한 예의가 아니었다.

"그냥… 처음 볼 때부터 좋았어."

바로 대답하지 못하고 있던 예린이가 혼자 웃다가 조용히 입을 열었다.

"누구를 좋아한다는 것… 처음이었어. 어릴 때부터 아빠와 엄마, 주변 모든 사람들의 관심과 사랑을 받고 자랐잖아, 난."

손가락을 만지작거리며 자신의 얘기를 풀어놓는 예린이.

이런 모습 또한 처음 대면하고 있었다.

"나는… 내가 누군가를 그렇게 대하게 될 거라고 생각 못했어. 철이 들 무렵에야 오성그룹 막내딸이라는 내 신분이 그냥 그런 보통 사람들의 막내딸과는 좀 다르다는 걸 알게 됐거든……."

예린이 나름대로 속사정이 있는 스무 살의 삶을 고백하는 듯했다.

"다들 너무 잘해주는 거야. 무슨 부탁만 하면 바로 그날, 아니면 다음 날에 바로. 그거 알아? 유치원 다닐 때 아이들과 오버랜드에 갔는데 너무 시끄러워서 집에 돌아와 혼자 오버랜드에서 놀고 싶다는 말 한마디에 그 다음 날 갑작스러운 긴급 점검을 내세워 오버랜드의 모든 놀이기구를 나 혼자 하루 종일 타고 놀았다는 사실을?"

'오오!'

진정 있는 집안의 파워가 느껴지는 사건이다.

그것도 대한민국 내에서 유일무이하게 예린이만 누릴 수 있는 오버랜드 추억이 아닌가.

그렇다고 부러운 것은 아니다.

혼자 노는 게 얼마나 힘든 일인지는 내가 뼈저리게 느끼며 살았다.

"사실 아빠가 오성그룹 회장님이지 내가 회장은 아니잖아? 그런데 사람들에게는 그게 아닌가 봐. 지금도 나이 어린 나에게 고개 숙이고 눈치를 봐."

본래 세상 이치가 그런 것인지도 모른다.

아버지가 장군이면 그의 부인 자식들도 장군 대접을 받

는 게 군대 법칙.

그게 사회 전반에서도 통용되고 있을 테니까 말이다.

"그런데 넌 아니었어."

'나?'

물론 나는 그런 부류의 사람은 아니다.

사실 예린이가 대 오성그룹의 일원일 거라고는 상상도 하지 못했다.

더구나 3년 전만 해도 막 내 꿈을 위해 모든 것을 설계할 때였기 때문에 다른 사람의 삶에는 더욱 관심도 없었다.

설악산을 벗어나 서울로 막 입성해 이것저것 세상 구경하기도 바빴다.

또 주변에 눈이 휙 돌아갈 정도의 미녀들이 넘쳤고 예린이는 당시만 해도 여자애였다.

게다가 솔직히 말해 내 취향도 아니었다.

누가 봐도 귀여운 여동생 정도의 외모에 결코 지금처럼 성숙한 여인으로 성장할 거라고 상상도 하지 않았다.

물론 지금은 전혀 아니었다.

내가 이 순간부터 발바닥 땀나게 뛰기 시작해도 결코 따라갈 수 없는 오성그룹의 부(富).

삶의 끝이 이런 모습이라면 부럽지 않을 수 없다.

하지만 예린이 말처럼 아닌 건 아니었다.

3년 전에도 그랬지만 지금도 예린이에 대한 나의 마음은 변함이 없다.

성공에 대한 욕망도 어떻게 시작하느냐에 따라 밑그림이 달라지는 게 삶이다.

충분히 나의 힘으로 먹고살 수 있는 세상에서 엘리베이터 식 성공을 선택할 생각은 없다.

이것은 양 도사의 영향 이전에 살아생전 내 부모님께 받은 삶에 대한 진정한 자세다.

고로 진짜 재물이란 것은 나의 땀과 노력으로 얻었을 때 의미가 있는 것.

그렇게 얻어야 모든 재물과 물질에 얽매지 않고 늘 영혼은 자유로울 수 있다고 했다.

가르치기는 그렇게 가르치면서 남의 것을 쪽쪽 빨아 먹었던 어떤 분과는 달라야 한다는 게 나의 첫 번째 지론인 셈이다.

흡혈 박쥐 같은 인생을 살고 싶지는 않다.

"넌 처음부터 사라지던 날까지 날 평범하게 대해줬어. 오성그룹의 막내딸인 걸 알게 됐으면서도 전혀 동요하지 않았고."

'당연한 말씀~'

재력에 눈이 돌아가는 나였다면 설악산에서 애초 도망치

다시피 튀지도 않았을 것이다.

사실 양 도사에게 여러 가지 각종 비법만 전수받아도 일가를 이루는 것은 문제가 없었다.

그러나 내가 원했던 것은 진정한 자유.

그 어떤 이유에서든 자유의지를 갖고 태어난 인간을 속박할 수 없다고 생각했다.

그것도 한창 혈기왕성한 이 청춘을 말이다.

설사 그게 대 오성그룹의 총수라 해도 마찬가지였다.

"그게 다야?"

나로서는 뻔한 사실임에도 꽤 큰 의미를 두고 받아들인 예린이를 바라보며 씨익 웃었다.

스윽.

캔을 내밀었다.

퉁.

가득 찬 캔에서 둔탁한 건배 음이 울렸다.

꿀꺽 꿀꺽.

'크으! 바로 이 맛이야!'

눈을 감고 감미롭고 달달한 맥주 맛에 빠져들었다.

풍미라고나 할까?

입안에 확 퍼지는 꿀을 머금은 꽃향기 맛이 목 넘김 하는 내내 기분 좋게 코끝을 자극했다.

'이래서 독일 맥주를 최고로 치는군.'

꿀꺽 꿀꺽 꿀꺽.

쉬지 않고 맥주를 마셨다.

달콤한 향과 함께 시원하게 목젖을 타고 넘어가는 맥주.

그냥 죽여줬다.

한국 고등학교에서 야간 연습때 교장 샘한테 얻어 마셨던 불량학생 위로주 이후 마음껏 마셔보는 맥주였다.

몰래 마실 필요도 청소년이라고 제지하는 사람도 이제는 없었다.

그 누구도 나의 성년이 된 것을 거하게 치러주지 않았지만 법적으로 주어진 권리에 무한히 감사했다.

"다 멋있어, 민이 네가 하는 건. 내 눈에 모두 신화 속 영웅처럼 보여."

"켁!"

잘 넘어가던 맥주가 목에 탁 걸렸다.

'여, 영웅이라고요? 내가?'

사랑의 콩깍지가 쓰이면 눈에 뵈는 게 없다고 하더니 사실이었다.

아쉬울 것 하나 없는 예린이가 날 위해 목숨까지 던졌던 이유가 있었다.

날 영웅으로 생각했으니 그 산중에 홀로 들어올 생각을

했겠지.

이 순진무구한 스무 살 여자를 어떻게 할까.

"음하하하~"

기분 좋게 웃음을 터뜨리는 걸로 민망함을 대신했다.

여기서 심각한 표정 지어봤자 상황을 더 악화시킬 게 빤했다.

"내가 좀 한 인기하지~"

"응~ 민이 너 인기 많아. 너 사라진 후에 우리 학교 여학생들이 몇 달 동안 몸살을 앓았어. 오죽했으면 공부만 하던 공부벌레들이 강민 앓이를 했을까."

"정말?"

"응~"

고작 해봐야 단 몇 달 학교생활을 했었다.

길지도 않았던 시간 동안 나를 마음에 품었던 소녀들이 그렇게 많았다는 말인가.

무척 자랑스럽다는 표정의 예린이.

'아쉬워, 너무 아쉬워.'

3년 전 그날 밤.

그 깡패들의 납치 사건만 아니었어도 지금쯤 나는 슈퍼스타가 돼 있었을 것이다.

혁찬이만 봐도 알 수 있는 나의 미래.

언론에서 나를 한 번 띄워놓은 상태였기 때문에 더욱 가능성이 컸다.

골프나 야구에서 한두 번만 더 두각을 보였어도 진짜 스포츠 영웅이 될 수 있었다.

"민이랑 있으면 그냥 행복해. 가끔 무례하게 굴긴 하지만 그쯤 봐줄 수 있어. 네가 착한 남자라는 걸 난 알고 있거든……."

'그건 아닌데……'

내가 봤을 때 난 나쁜 남자였다.

예린이가 착한 마음으로 나를 보기 때문에 착한 남자일 수 있는 것.

예린이 마음에 상처 준 게 몇 번 있었다.

그런 나를 착한 사람으로 생각하고 있는 건 온전히 예린이 마음 때문이다.

"나는 착한 남자 아닌 것 같은데?"

진실은 당사자 스스로가 밝힐 때 가장 아름답게 빛난다.

"괜찮아. 내가 착하다고 하면 그냥 착한 거지."

'헐~'

제대로 뭐에 씌인 게 분명한 예린이.

상황이 이렇게 되면 약도 없다.

"……"

잠시 방 안에 감도는 침묵.

아직 감당할 수 없는 예린의 마음에 어느새 손에 들린 맥주 캔은 비어 있었다.

"민아, 이번에는 어디를 가더라도 얘기하고 가. 3년은 너무 길었어……."

제법 맥주를 마시는 폼이다.

조용히 캔을 비워가며 쓸쓸하게 과거를 떠올리는 듯 예린이의 음성이 방금 전과는 달리 촉촉하게 젖었다.

나의 3년 못지않은 시간을 예린이도 지내왔음을 충분히 느낄 수 있었다.

'에휴, 내가 전생에 무슨 복을 쌓았을까?'

무덤덤하게 받아들이려는 나에게까지 전해지는 예린이의 감정.

일부러 상처를 주는 것은 아니었지만 예린이를 마음 아프게 하고 싶지 않았다.

아무리 그 마음이 소중하다 해도 일순간 미래를 약속할 만큼 내 마음이 움직이지는 않았다.

매번 나를 향한 모든 마음들에 다 반응할 수는 없는 일.

나도 나를 확신하지 못하는 이 순간 누구를 위해 인생을 건다는 것은 무모하게 생각됐다.

좀 더 창공을 향해 날아오른 뒤 그 너머에 무엇이 있는지 알고 싶은 게 더 강했다.

그런 뒤 나와 함께 미래를 그려갈 여인을 선택해도 늦지 않을 테니까 말이다.

지금은 그간 펼치지 못한 나의 두 날개를 힘껏 펼쳐 날고 싶었다.

대지를 박차 올라 높이 높이 훨훨.

인간은 음식은 40일, 물은 4일, 공기는 4분을 공급받지 못하면 죽는다.

그리고 마지막으로 희망 없이는 단 4초도 살 수 없다.

무의식중에 아무리 험난하고 죽을 것 같은 고통 속에서도 희망이라는 것을 품고 있기 때문에 사람은 살게 된다.

그래서 설악산에서 3년에 3년을 또 얹으면서도 버틸 수 있었다.

철저하게 나 홀로 이 생에 주어진 100년의 운명.

대차게 희망 한번 품어보고 용기를 원동력 삼아 달려볼 생각이다.

언젠가 내 스스로 쉬고 싶다는 생각이 드는 그날까지 말이다.

"끝으로 오늘의 하이라이트는 올해 LPGA에 프로로 첫 도전하는 손단비 선수의 크라프트 나비스코 대회의 시원한 첫 티샷 장면을 보내드리겠습니다."

'다, 단비!'

잊고 있었다.

분명 계속해서 뭔가 소식을 전하느라 떠들고 있었을 텔레비전.

예린이와 얘기하는 내내 켜졌는지 꺼졌는지 인식하지 못했던 텔레비전에서 선명하게 들려오는 이름 하나.

정신이 번쩍 들었다.

스윽.

빠르게 돌아가는 시선.

마지막 하이라이트에 잡히는 한 장면.

아이보리색 골프웨어 스커트에 분홍색 티셔츠를 입었다.

푸른색 캡을 눌러쓴 채 힘차게 드라이버를 날리는 단비.

그림 같은 자태.

까앙.

단비가 휘두른 클럽에 맞은 공이 쭉쭉 뻗어 멀리 창공을 가르며 날아갔다.

쿵! 쿵! 쿵!

더할 나위 없이 강하게 뛰는 심장.

'다, 단비…….'

설악산에서 단 한 번도 잊어본 적 없는 이름.

"하아……."

귓가에 들려오는 예린이의 깊고 조용한 한숨.

그렇게 잠시 멈춘 듯 정지된 시간.

내 시선은 단비의 마지막 모습에 고정돼 있었다.

바위를 내리친 깊은 망치 자국처럼… 눈앞의 화면은 나의 가슴에 흔적을 남기고 있었다.

제10장
햇병아리

쇄애애앳.

타다다다닷.

깊고 울창한 후지산 비개방 공간의 한 자리.

검은 복장에 복면을 쓰고 바람처럼 뛰어가는 여인.

그녀를 향해 허공을 가르며 무식하게 날아가는 새파란 암기들 수십 개가 보였다.

영화에서나 나올 법한 닌자 살수 복장.

키는 아담하지만 탄력적인 몸매는 닌자복을 입어도 가려지지 않고 아낌없이 드러났다.

창!

그 순간 여인의 등에 꽂아져 있던 쌍검이 번개처럼 뽑혔다.

파바바밧.

눈에 최첨단 인식장치라도 달린 양 보이지 않는 속도로 날아오는 암기들을 향해 검을 휘두르는 여인.

캉! 카가가가가강!

주변으로 맑게 울리는 쇳소리와 함께 작은 불똥들이 순간 일었다 사라졌다.

퍼버버버벅.

검에 튕겨져 나간 암기들 수십 개가 주변의 나무와 바닥에 깊숙이 파고들었다.

한 번만 맞아도 살이 찢겨지고 뼈에 깊숙이 박힐 살벌한 암기들.

"탓!"

검을 거두지 않고 맑은 신음을 터뜨리며 그대로 바닥을 박차는 닌자.

쉬이잇.

거짓말처럼 몸이 허공으로 붕~ 띄워졌다.

중력의 법칙을 무시하고 한 마리 새처럼 굵은 나뭇가지 위를 향해 떠오르는 여인.

쇄애애애애애앳.

그 순간 떠오르는 여인을 향해 다른 나뭇가지 쪽에서 푸른색 닌자복의 다섯 인물이 일제히 검을 세운 채 뛰어내렸다.

날카로운 살기들에 주변 모든 것이 숨을 죽였다.

시퍼렇게 날이 선 검날에 한 번 스치는 것만으로 목숨이 왔다 갔다 할 만큼 위험한 순간.

21세기 최첨단의 시대에 섬나라 일본 한 구석에서 벌어지고 있는 상황이다.

쇄액!

그럼에도 놀라거나 당황한 기색이 엿보이지 않은 여인.

검과 하나가 되어 낙엽처럼 가볍게 떨어지며 공격해 오는 자들을 향해 쌍검을 뿌렸다.

여인의 매서운 일격.

카가가가강!

검들이 번개처럼 부딪히며 일으키는 불꽃들.

서거걱.

촤아아아앗.

"크아아아아아악!"

"컥!"

심장 쪽을 비켜 팔과 다리를 사정없이 베어 들어가는 무자비한 쌍검.

그 속도가 엄청났다.

공격해 들어오던 자들이 되레 방어를 해야 할 상황.

그러나 그런 찰나의 시간도 허락지 않는 여인의 힘과 스피드.

연약한 여자의 몸이라고 무시할 수 없었다.

아니 보검에 깃든 신묘한 붉은 기운이 달랐다.

요즘에 들어서는 전설처럼 취급되는 검기까지 사용하고 있는 것으로 보였다.

쿠웅!

퍼버버벅.

"크으……."

울창한 숲 속의 상공 10미터 이상의 허공.

검에 맞고 땅 위로 떨어진 푸른 복장의 닌자들.

분명 검상을 입었음에도 착지 자세가 전혀 흐트러지지 않았다.

타다닷.

다섯 명의 인물을 일신의 몸으로 베어 떨어뜨린 여인.

주변의 굵은 나무 가지들을 발판 삼아 가볍게 지상에 착지했다.

차악.

높은 곳에서 몸의 모든 균형감각을 이용해 가볍게 내려 앉는 모습이 한 마리 고양이 같았다.

세계적 스포츠 축제 올림 체조경기에 나가면 금메달은 딱 이 여인의 것이라 해도 이상할 게 없어 보였다.

부드럽게 유연한 탄력적인 몸놀림.

또로록.

두 발로 선 여인의 손에 들린 쌍검에서 검날을 타고 붉은 핏방울 몇 개가 땅에 떨어졌다.

목숨을 끊지는 않았지만 그 이상으로 일체 자비가 엿보이지 않은 손속이었다.

짝짝짝.

그 순간 거짓말처럼 여인의 주변으로 장로 세 명이 모습을 보이며 짧게 박수를 쳤다.

물론 이들 역시 일체형 닌자 복장 차림이다.

다른 점이 있다면 복면 같은 것을 착용하지 않았고 닌자 복장이 황금색이라는 것.

전투용은 아니었다.

"장로님들을 뵈옵니다."

세 사람의 노인을 향해 방금 전까지 치열한 검무를 추었던 여인이 고개를 숙였다.

"미요코, 드디어 통과했구나. 50년 이래 그 누구도 통과하지 못한 십이매방관을 격파하다니… 대단하구나!"

"장로님들의 가르침 덕분입니다."

"아니다. 우리도 십이매방관을 돌파하지 못했다. 내공과 실력, 그리고 그 누구보다 강인한 정신력과 판단력만이 십이매방관을 돌파한 특급 닌자를 만들어 낼 수 있다. 그런 점에서 미요코, 너는 우리 일월문 최고 고수다."

"황송하옵니다!"

직계 제자가 십여 명밖에 되지 않는 일월문.

그중에서 가장 능력을 인정받고 있는 미요코.

3년 전 처음 살행을 나갔지만 실패하고 돌아와 절치부심했다.

일월문 중지에 보관되었던 단 하나 남은 영단인 영락대환단을 복용시켜 내공을 증진시켰다.

그리고 비밀 서고의 비서들을 전수했다.

그 정도로 미요코는 타고난 살수였다.

"이제 문에 돌아가 대기토록 하라. 그놈에 대한 소식이 들어오면… 반드시 네 손으로 마무리를 지어야 할 것이다."

"명!"

살수는 자신이 맡은 살행을 마무리하지 못하면 다른 청

부를 받을 수 없었다.

죽이거나 죽거나 단 두 가지의 선택만이 존재하는 닌자들의 삶.

"크……."

"으으."

극심한 부상 속에서도 이를 악물고 있던 닌자들의 입에서 미약한 신음이 흘러나왔다.

직계는 아니지만 일월문에서 고수로 인정받던 자들이었기에 깊은 검상에도 내색을 표하지 못했다.

"치료하라."

"명!"

약 50미터 뒤쪽에서 대기 중이던 일단의 남자들이 짧은 한마디에 달려왔다.

찌이이이익.

피에 젖은 옷자락을 찢었다.

치이이익.

순식간에 뿌려지는 붉은색 가루.

수욱수욱.

거침없이 검에 베인 상처를 꿰매는 이들의 매정한 손길.

"크으으으으으으."

"으으으윽!"

생살을 꿰매는 손길에 고통스러운 듯 치료를 받는 닌자들의 얼굴이 일그러졌다.

심장이나 폐 쪽이 당하지 않은 게 다행이었다.

그나마 허벅지나 팔 등의 근육이 상한 것은 미요코가 상황을 봐줬다는 것.

절명할 수 있는 동맥 하나도 끊지 않았다.

그것은 그만큼 미요코의 검을 다루는 실력이 정교하고 세밀하다는 증거였다.

단 3년의 시간이 걸렸을 뿐이다.

상상할 수 없을 만큼 일취월장한 실력.

첫 살행에서 얻은 좌절이 현재의 미요코를 만들었다.

오직 한 사람을 처리하기 위한 길고 긴 시간을 연마한 것이다.

"안녕히 주무셨습니까~"

"강 군, 좋은 아침이야. 하하하."

'아주 상쾌한 표정이시네~'

나도 어젯밤 나름 괜찮은 밤을 보낼 뻔했다.

안주까지 준비해서 나를 찾아왔던 예린이.

제법 좋았던 분위기는 텔레비전에 등장한 단비로 인해 단박에 어색해졌다.

조용히 맥주 한 캔을 다 마신 예린이는 쓸쓸한 미소를 남기고 자신의 방으로 돌아갔다.

그리고 새롭게 맞은 아침.

아쉽게도 산삼주는 마시지 못했다.

감정이 격해진 상태에서 강력한 운기행공은 아니한 만 못한 법.

머릿속에 잡념이 많으면 집중도가 떨어지고 효과를 보는 것도 힘들었다.

그럴 때는 마음을 비우고 다음 날로 미루는 것이 현명한 선택일 수 있다.

그렇게 긴 밤이 지나갔다.

설악산에서는 담요 하나 두르고 베개에 머리만 대도 정신줄을 놓을 수 있었다.

하지만 몸에 너무나 착 감겨오는 침대와 부드러운 이불이 더 나를 잠들지 못하게 했다.

푹신한 베개를 베고 누워 천장을 바라보고 눈만 멀뚱멀뚱 뜬 채 한참 시간을 보냈다.

수많은 생각들이 일어났다 사라졌다.

3년 동안 설악산에서 반복되던 일상보다 당장 오늘 하루에 겪은 일들이 더 파란만장했다.

생각지 못했던 예린이를 설악산에서 만난 것부터가 그

렇다.

그리고 도주에 정착, 단비 소식까지.

하루가 어떻게 이렇게 길고 알찬(?) 소식들로 가득할 수 있는지 벅찼다.

"회장님 어떻습니까? 저희 스승님이 특별히 신경 써서 만드신 백초건강만세주 효능 좀 보셨습니까?"

백초건강만세주가 아니라 백사정력강화주가 정확한 술의 이름.

노망난 도사 영감님이 제조한 보양주인 셈이다.

"아주 좋았네!"

무엇을 묻는지 생각할 것도 없이 한마디로 딱 잘라 대답하는 유병철 회장.

손님방에서 6시에 내려왔는데 이미 거실에서 펄펄 기운 넘치는 표정으로 나를 맞았다.

'약효가 제대로셨군.'

양 도사 역시 설악산에서도 가끔 따라 마시긴 했지만 마신다 한들 별 쓸모가 없었을 백사주.

백날 텔레비전에 오락가락 모습을 보이는 미녀들 얼굴만 뜯어먹으며 침을 질질 흘리던 영감님이었다.

설악산 국립공원 앞 주막집에서 막걸리를 파시는 과수댁 몇 분과 친분이 있다는 소리는 진작부터 있었지만 확인할 수 있는 방법은 없었다.

모르긴 몰라도 100년은 더 살고 있는 듯한 양 도사.

막걸리를 파시는 과수댁들도 양 도사의 산 세월에 비교하면 딸이나 손녀뻘 정도 될 것이다.

그런 양반들과 무슨 수가 날 리도 없었다.

하지만 유병철 회장의 입장은 양 도사와 달라도 너~ 무 달랐다.

영감님에 비하면 아직도 팔팔(?)한 청춘의 나이.

게다가 금슬 좋은 윤라희 여사가 아직도 한 미모 하고 있었다.

"다행입니다. 일주일 간격으로 한 달만 규칙적으로 마셔주시면 여생 동안 감기 한 번 걸리시지 않을 겁니다."

"그 술 아직 남았나!'

파바밧.

목표를 정한 사냥꾼의 눈처럼 매섭게 빛나는 유병철 회장님의 두 눈.

'속 좀 타시죠?'

현대 의학으로는 절대 범접할 수 없는 자연 치유법.

유병철 회장이 아무리 돈을 싸고 다녀도 양 도사표 백사주는 어디서도 얻을 수 없었다.

더욱이 그놈의 백사라는 놈이 똬리를 틀고 잠자는 곳은

천하의 명당터.

백사를 찾기 이전에 명당터를 찾는 것부터가 일이기 때문에 아무나 쉽게 접근할 수 없다.

그리고 어젯밤 맛본 백사주는 설악산 정기와 백사의 보기가 적절하게 융합이 된 극상의 약제.

말 그대로 인연이 있는 자들만이 얻어 마실 수 있는 귀한 선물인 것이다.

"남은 건 어제 예성 누님께서 부군되시는 분 드린다고 가지고 올라가셨는데……."

"뭐! 예성이가?"

한 번 맛본 백사주 앞에서는 자식도 눈에 뵈지 않는 법.

초롱초롱 빛나던 눈동자에 쌍심지가 켜지더니 예성 누님의 이름을 힘주어 되뇌었다.

"내가 그 나이 때는 대추도 한 알 안 먹고 살았는데… 요즘 것들은 몸들이 왜 그렇게 부실한지…… 쯧쯧."

자신의 과거를 반추하는 듯 혀를 차는 유병철 회장의 허탈해하는 모습.

살짝 노기가 엿보였다.

"걱정 마십시오. 제가 회장님 드실 정도는 남겨두었습니다."

챙겨 온 것은 두 병.

아직 한 병이 온전히 예린이의 멋진 스포츠카 트렁크에
실려 있었다.

그 한 병만으로도 작은 술 주전자 세 개는 족히 채울 양
이 나왔다.

"오오! 정말인가! 하하하. 민이 군, 역시 자네는 언제 봐
도 나를 흡족하게 하는군."

'푸하하, 백사주 하나에 오성그룹 회장이 이런 모습
을?'

"내가 자네를 얼마나 믿음직스럽게 여기는 줄 아나? 하
하하하."

이해할 수 없는 유병철 회장님의 말.

딱 두 번 보았다.

북경루에서 처음 만났을 때는 남자의 자존심 대결이라도
하는 듯한 분위기였다.

그때는 나를 믿을 만한 게 없었다.

지금은 백사주로 인해 천하의 오성그룹 총수 마음을 얻
은 셈.

끼릭.

그때 거실로 들어오는 현관문이 열렸다.

"강 서방, 벌써 일어났는가?"

"장인어른, 기침하셨습니까."

'장인어른? 그럼 저분이 예성 누님 남편?'

예성 누님의 남편이자 오성그룹 산하 오성모직의 부사장으로 알려져 있는 강현철.

스포츠 반바지 차림에 하얀색 브이넥 반팔 면티 차림이다.

운동이라도 하고 오는 듯 땀에 흠뻑 젖은 채 수건을 목에 걸고 들어섰다.

키는 약 175 정도.

남자치고는 큰 키가 아니었다.

하지만 강단있고 짱짱해 보이는 체격은 단단한 인상을 주었다.

'포스 쩌네.'

작은 얼굴에 균형 잡힌 이목구비.

단정한 헤어스타일이 물렁물렁한 스타일은 대충대충 사는 사람은 아니었다.

유병철 회장이 가족의 일원, 그것도 딸의 남편으로 어련히 재목을 선택하지 않았을까 하는 생각도 든다.

그리고 아담한 키의 예성 누님이 충분히 반할 만한 훈남이다.

어제 저녁 자리에서 체력이 어쩌고 하던 말은 어울리지

않았다.

"오늘 컨디션이 좋아 보이네?"

"어제 예성이가 잠자리에 들기 전 술 한 잔을 줬는데 그걸 마시고 잤더니 몸이 아주 상쾌해졌습니다."

'좌우지간 못 말리는…….'

기어코 예성 누님은 바로 백사주를 복용시킨 모양이다.

약주를 보며 나이 드신 아버지를 생각해야 할 상황에 젊은 낭군에게 복용시킨 예성 누님.

옛말에 여자는 시집가면 새끼하고 남편밖에 모른다는 말이 있다더니 사실이었다.

내일모레면 환갑이 될 유병철 회장.

팔팔하게 젊은 사위가 백사주를 마셨다는 말에 살짝 얼굴에 먹구름이 비쳤다.

모르면 모를까, 예성 누님에 대한 서운한 마음도 함께 있을 것이다.

"나이도 젊은 사람이……."

감출 수 없는 유병철 회장의 내심이 눈빛에 고스란히 나타났다.

살짝 괘씸한 눈빛을 보이는 유 회장.

사위도 뭐도 없는 듯한 분위기.

"죄, 죄송합니다."

졸지에 죄인처럼 고개를 숙이는 힘없는(?) 사위의 태도.

'크크, 회장님도 별수없네~'

분명 몸에 좋다는 보약을 한두 첩 드셔보진 않았을 게 빤한 유병철 회장.

가진 게 돈밖에 없다고 해도 과언이 아닌 분이 건강에 명약으로 투자하지 않았다면 믿을 사람도 없을 터.

그런 유병철 회장님이 두 잔 마시고 혹해 버린 백사주의 효능.

귀한 딸의 서방이라 해도 곱게 보일 리 만무했다.

"안녕하십니까!"

닥친 위기는 모면해야 하는 법.

내가 나섰다.

일은 만든 것도 나.

엉거주춤 현관에서 걸음이 멈춰 버린 강현철 부사장을 향해 힘차게 목소리를 높였다.

"누구? 아! 예린이 처제 남자 친구, 강민?"

나를 알고 있는 강현철 부사장.

"네! 예린이 고등학교 때 친구 강민입니다."

눈이 마주치자 고개를 꾸벅 숙여 인사를 했다.

"반가워요. 처제에게 얘기 많이 들었어요."

유병철 회장의 눈치에서 해방되자 본래 모습인 듯 강하게 나를 반겼다.

일단 호감은 듬뿍 얻었다.

"와! 어제 저 몰래 산삼이라도 드셨어요? 일찍 일어나셨네요~"

2층 계단에서 내려오는 예린이.

지난 밤 그렇게 깊게 잠을 자지는 못한 것 같았지만 얼굴 가득 생글거리는 미소를 띠고 있었다.

'여자들 마음은 도대체 알 수 없다니까.'

다행히 어젯밤 보았던 잠옷 차림은 아니다.

몸매를 아낌없이 드러내는 트레이닝복 차림.

머리카락을 한꺼번에 잡아 올려 시원하게 묶어 작은 얼굴이 환하게 빛나보였다.

예린이도 여자.

속을 알 수 없는 여자들의 마음은 나이가 많든 적든 상관 없는 것 같았다.

"처제 며칠 사이에 더 예뻐진 것 같아? 올해 서울대 퀸카 차지하는 거 아냐?"

"정말요? 호호, 형부도 어디가면 유부남처럼 안 보이세요~"

"맞아~ 우리 예린이가 보는 눈은 있어~"

예린이 뒤로 모습을 보인 예성 누님.

그녀 역시 트레이닝복 차림이다.

물론 예성 누님도 몸매를 그대로 드러내 보이는 차림인 것은 마찬가지.

뭘 입어도 예술인 예린이에는 못 미쳤지만 상위권에 드는 외모다.

특히 활짝 웃을 때 드러나는 가지런한 치아가 예성 누님의 매력 포인트 같았다.

살짝 피곤해 보였던 지난 저녁 시간의 낯빛과는 달리 푹 잔 듯 얼굴 가득 화색이 돌았다.

찡긋.

짧은 순간에도 자신의 남편을 향해 윙크를 날리는 예성 누님.

은근 애교도 많았다.

"아빠 안녕히 주무셨어요?"

남편에게 애정을 전함과 동시에 유병철 회장에게 인사를 날렸다.

아마 위층에서 유병철 회장이 강현철 부사장에게 뭐라고 하는 소리를 들었을지도 모르는 일.

"잘 잤다. 강 서방에 비하면 좀 못 잔 것 같다만."

'오오~ 뒤끝도 있으시고?'

이래서 세상 사는 것은 다 같다고 하는 모양이다.

천하의 오성그룹 회장도 몸을 보하는 일에 자신의 본능을 감추지 않으니 말이다.

"여보~ 어디 불편하세요?"

그때 주방 쪽에서 안주인이 등장했다.

큼지막한 장미꽃이 그려진 앞치마를 두르고 평범한 어느 가정의 마님처럼 등장하는 윤 여사님.

어제와 달리 부드럽고 포근한 기운이 풀풀 풍겼다.

'예린이 어머님도 얼굴에 꽃이 피셨네~'

명당터에서 숙성된 백사주 한 병이 오성그룹 회장님 댁에 봄기운을 가득 선사해 준 듯했다.

"아니오~ 전혀 불편하지 않소~"

안주인의 등장에 바로 발톱을 감추는 유병철 회장.

아무리 수백만 생사여탈권을 쥔 오성그룹의 주인이라 해도 안주인에게는 약할 수밖에 없는 남자.

"호호, 그럼 다행이에요. 당신이 건강해야 이 가정과 나라가 행복하니까요."

밤새 천사표 날개를 달았는지 부드럽기가 솜사탕 같은 윤라희 여사의 말투.

"그렇죠? 아빠가 건강하셔야 저희도 있죠~"

눈치 빠른 예성 누님이 바로 힘을 보탰다.

"맞아요. 아빠 힘내세요~ 가족이 있잖아요~"

순진한 예린의 진심어린 마음이 거실에 울렸다.

"아버님! 아버님은 영원히 제 영웅이십니다!"

쬐금은 금칠한 것 같은 강현철 부사장의 아부성 짙은 굵은 목소리.

갑자기 아빠 힘내세요라는 동요처럼 모두 다 유병철 회장을 향한 관심이 쏟아졌다.

"하하, 걱정 말아라. 아직 한 20년은 끄떡없다."

아내와 딸들의 응원에 미소가 귀에 걸린 유병철 회장.

이렇게 가정 안에서 힘을 받아 움직이니 대 오성그룹을 이끄는 게 가능할 것이다.

'보기 좋네.'

나도 남자가 되어 가고 있는지 느끼는 바가 많았다.

분명 잠깐이지만 아부나 기타 등등의 이유라 해도 가족의 말 한마디가 가장에게 얼마나 큰 힘이 되는지 눈으로 확인한 자리였다.

좀 전에 보였던 모습은 어디로 가고 입가에 호기로운 미소가 번졌다.

"민이군, 잘 잤어?"

어제보다 훨씬 편한 말투로 나를 부르는 윤라희 여사.

"네~ 제 집처럼 푹 잤습니다."

나도 먹고 살아갈 일을 고민해야 하는 상황.

진심으로 황송하고 감사함이 뚝뚝 묻어나는 말과 표정을 지었다.

"다행이네~ 조금만 기다려. 민이 군보다는 못하지만 맛있는 아침 준비하고 있으니까~"

"감사 또 감사합니다!"

고개를 팍 수그리며 윤라희 여사에게 예의를 다해 인사했다.

'예린아~ 뭐해 어서~'

말은 건넨 적 없지만 텔레파시를 보냈다.

나를 생각하는 지극한 예린이 마음이 사실이라면 이쯤 예린이가 입을 열어주는 게 정상.

나는 텔레파시를 믿어 보기로 했다.

"엄마~ 나 부탁 있어요."

'옳지!'

아니나 다를까 예린이가 윤라희 여사를 불렀다.

"부탁? 뭐?"

의문에 찬 눈으로 예린을 바라보는 윤여사.

쿵쿵쿵!

나의 심장은 속절없이 뛰기 시작했다.

그리고 식구들 시선이 모두 예린에게 향했다.

아침부터 일어난 예린의 부탁.

모두의 관심을 끌기에 충분하고도 넘쳤다.

『마스터 K』 제13권에 계속…

신풍기협 神氣俠讀

FANTASTIC ORIENTAL HEROES

윤신현 新무협 판타지 소설

「수라검제」, 「태양전기」의 작가 윤신현
우직한 남자의 향기와 함께 돌아오다!

사부와 함께 떠났던 고향.
기다리는 친구들 곁으로 돌아온 강진혁은
사부의 유언을 지키기 위해 강호로 나선다.
반드시 돌아오겠다는 약속을 남기고.

"믿어라. 난 결코 허언을 하지 않는다."

무인으로 살 것인가, 무림인으로 살 것인가.
고민을 안고 나아가는 강진혁의 강호행!

신의 바람이 불어와 무림에 닿을 때,
천하는 또 하나의 전설을 보게 되리라!

Book Publishing CHUNGEORAM

유행이 아닌 자유추구
WWW.chungeoram.com

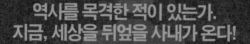

FUSION FANTASTIC STORY

천중화 장편 소설

세계 유일의 남자

역사를 목격한 적이 있는가.
지금, 세상을 뒤엎을 사내가 온다!

스포츠 만능에, 수많은 여인의 애정까지…
골프계를 뒤흔드는 골프 황제 김완!

그런데 이 남자의 향기가 심상치 않다.

할머니의 비밀과 부모의 죽음.
그에게 전해진 사건들이 이 남자를 뒤흔들고,
이제 그의 행보가 세상을 움직인다!

『세계 유일의 남자』

평범한 남자라고 생각했는가?
천만에! 이자는… 세계 유일의 남자다!